Sonya
ソーニャ文庫

理系侯爵が欲情するのは私だけのようです!?

こいなだ陽日

JN132314

イースト・プレス

contents

第一章 5
第二章 70
第三章 100
第四章 179
第五章 224
第六章 263
終章 299
あとがき 315

第一章

燦々《さんさん》と照りつける太陽の下、ろくに手入れされていない街道沿いでは雑草がすくすくと育ち、のきなみ人の背よりも高く伸びている。いつもの夏の光景だ。

まるで緑の壁のように見えるそれには、一箇所だけ隙間が空いていた。どうやら背の低い草が生えているらしい。その小さな草は赤みを帯びた茎から菱形の葉が伸び、青々とした葉の表面に柔らかな棘がある。茶色い殻で覆われた小ぶりの実が生っていた。

乗合馬車に揺られながら景色を眺めていたセーネは、ひとつだけ種類の違う草を見つけると幌《ほろ》から顔を出して御者に声をかけた。

「おじさん、停めてください。害草を発見しました！」

「害草だって？」

御者は顔をしかめる。

害草というのは、その名のとおり害のある植物だ。セーネの生まれた国のいたるところに生えており人間の生活を脅かしている。

害草には人間の肺を腐らせる胞子を放つものから、まるで生きているかのように触手を動かして人間を襲うものまであった。食虫ならぬ食人植物も存在し、害草により命を落とす者も少なくはない。

よって害草を発見した場合は役人に報告する義務がある。被害の拡大を防ぐため、素人は害草の駆除をしてはいけないと定められていた。

「だったら、なおさら馬車を停めるわけにはいかんだろう。街に着いたら報告する」

危険な害草が生えていると聞かされた御者は当然馬車を停めない。むしろ一刻も早く害草の側から離れるべきと考えたのか、速度を上げようとする。

しかし、セーネははっきりと伝えた。

「もうすぐ種を飛ばしそうです。そうなる前に処理しなければ。安心してください、私は草官です」

その言葉に御者は目を瞠《みは》った。同乗していた他の者たちもセーネを見る目が変わる。

――草官。それが、害草を駆除できる役人である。

この国には城で政を司る文官と、騎士として国防にあたる武官の他に、害草対策を専門とする草官が存在していた。

特殊な知識を必要とするため、登用試験は文官よりも遥かに難しい。さらに、害草の駆除には死の危険が伴うので、安全な文官のほうが人気がある。

とはいえ、草官の給金は高額であるうえに地位も高い。

そこに魅力を感じ登用試験を受ける者もいた。受かるためには数年にわたる勉強が必要で、試験合格者の平均年齢は三十歳だ。

そんな中、セーネは二十四歳。草官としてはかなり若い。

明るい麦わら色の髪をきっちりとまとめ、赤茶色の瞳は強い意志を持って御者を見つめていた。

「あんなに若いのに草官なんて、すごいねぇ……」

乗客の一人がぽつりと漏らす。

「わかった、処理を頼む。街に着き次第、応援を頼んでおく」

御者は馬車を停めてくれた。セーネが大きな籠《かご》のトランクと麻袋を持って降りると、馬車は逃げるように走り出す。

(手持ちの袋は服の入ったこれだけ。これを使うしかない)

セーネは麻袋を開けると逆さにして中を空にした。服どころか下着まで地面に散らばるけれど気にする暇もない。

次いで、トランクの中から小瓶《こびん》を取り出す。常に持ち歩いている害草専用の駆除剤だ。

空になった麻袋と小瓶を持って害草を見つけた場所まで走り、麻袋を被せる。その瞬間、袋の内側から破裂音が聞こえた。おそらく、実が弾けて種子が放たれたのだろう。

「危なかった……！」

セーネはほっと胸を撫で下ろす。麻袋を被せた衝撃が決め手だったかもしれないけれど、殻が割れる寸前だったことは間違いない。この害草の種子は綿毛がついていて、遠くまで飛ぶのだ。そうなれば数が増えてしまうので、種子の放出を防げてほっとする。

（さすがラッチランド侯爵領ね）

麻袋の口をしっかりと地面に押さえつけたままセーネは感慨にふけった。

国中に害草は生えているけれど、その中でも南に位置するラッチランド侯爵領は抜きん出て害草が多いことで有名だ。

害草が多い地域では死ぬ危険が増える。害草被害を恐れて誰も侯爵領に住みたがらないかというと、そうでもなかった。

実は害草は大いなる脅威である一方、大きな利益をもたらしてくれる存在でもあるのだ。

害草を適切な方法で処理できれば、生えていた場所は栄養豊富な土壌となる。その土を用いて育てた作物は病気になりにくく、通常よりも早く大きく育った。農民にしてみれば奇跡の土だ。

また、害草は危険な植物だけれども、害草からしか作れない貴重な薬がある。葉や茎などの組織を有効活用できる種もあり、一部の害草の茎を乾燥させて編んだ籠はとても軽くて丈夫だ。セーネが使用しているトランクも害草で作られたもので、かれこれ十年近く使っているがまだまだ現役である。

このラッチランド侯爵領の作物は国内でも評判で、害草に関わる産業も盛んだ。

ゆえに、国内では王都に次いで二番目に豊かな地区である。

この国に住むかぎり害草からは逃れられない。ならば、多少危険でもいい生活をしたいと侯爵領に住む者も多かった。

実はセーネも今日からラッチランド侯爵領に住むべく、移動途中だったのである。

（まさか、侯爵領に入ってすぐに害草が見つかるなんて）

害草が多いラッチランド侯爵領では、警邏隊《けいらたい》が常に見回っていると聞く。それでも発見と駆除が追いつかないのだろう。害草の繁殖力は凄まじいし、特に夏はすぐに育つ。

今、セーネが見つけたのも発芽してわずか数日と推測できた。害草は植物の理《ことわり》から外れているのか、想像を超えた速度で成長する。

（さて、そろそろいいかな？）

飛んでいけなかった種は麻袋の内側で地面に落ちた頃合いだろう。念のため、袋の口に土を被せて押さえる。それから瓶の蓋《ふた》を開け、麻袋の上から薬液をかけた。麻袋に染みが広がっていき、やがて甘い匂いが漂ってくる。

害草の駆除は複雑で、種類によって方法が違う。今処理している害草は薬液をかけるだけですむ手軽な部類だ。だが、薬液の種類や駆除処理の順番を違えると、害草が生えていた箇所の土はもう使い物にならない。害草が生えていた土壌は国にとって貴重な財産になるので、害草の専門家である草官が適切かつ丁寧に処理する必要があった。

(うーん。この匂いの感じだと、手持ちの薬じゃちょっと足りなそう。さっきの御者さんが応援を頼んでくれるはずだし、草官が来るまで待とうかな)

セーネは近場に腰を下ろす。すると、馬の蹄《ひづめ》の音が聞こえてきた。

顔を上げれば、一人の男性が大きな馬に乗ってやってくる姿が見える。

漆黒の髪に赤い毛束がいくつか混じっていた。変わった髪だ。

王都では髪を染めている人も多かったけれど、髪の一部だけ染めるのがラッチランドの流行りかもしれない。

きりっとつり上がった目は、燃えるように赤かった。年は三十歳くらいだろうか？

今まで王都で働いていたセーネは城でそれはもう美しい男をたくさん見てきたけれど、遠目からでも独特の雰囲気を放っている彼に圧倒されそうになった。

制服を着ているから、草官だと一目でわかる。

(さっきの馬車が街につくまで、まだ時間がかかるはず。……ということは、巡回していた草官に偶然出くわしたのかな？　運がいいかも！)

応援にしては早すぎる。そう思いながらセーネが親指と小指だけ立てて手を振ると、彼も片手を上げて答えてくれた。

これは草官同士で使われるハンドサインだ。害草の駆除作業の際に口元を布で覆い言葉を発せない状況もあるし、草官同士で距離を取って作業にあたる場合もある。よって、草官は多くのハンドサインを使いこなしていた。

馬に乗った男性は少し遠くで馬を停めると小走りで近づいてきた。かなり背が高く、立派な体軀をしている。草官というより武官みたいだ。

「街へ行く途中の馬車と出会い害草の発見報告を受けた。早めに応援に来られたようでよかった」

男らしい、低く凜々しい声だった。

「それで、害草の種類は？」

「リコデル草です。麻袋を被せた瞬間に実が割れました。種子は麻袋の内側に留まっており、ズール液をかけたところですが、私の手持ちでは量が足りないようです」

「了解した」

彼は駆除に必要な薬液を鞄《かばん》から取り出すと手渡してくれる。麻袋の内側の害草がどれほどの大きさなのか、すでにどれだけの薬液を使用したのか知るのはセーネだけだ。

よって、セーネが率先して処理をする必要がある。駆除作業には複数の薬液を使うけれど、なにも言わなくても必要になったタイミングで彼は瓶を手渡してくれた。おかげで作業がやりやすく、順調に駆除処理が進む。

(さすがラッチランド侯爵領の草官ね。手慣れているわ)

高給目当てに草官になったはいいものの、害草を恐れている者も少なからずいる。そういった人と害草駆除で組むことになるとスムーズに処理が進まず苦労したので、彼の的確な動きにセーネは感心した。

無事に処理が終わり麻袋を取る。生命力をなくした害草はぺしょんと土の上にしなだれていた。

「では、ここから先は俺がやろう」

男性は進み出ると薬酒をかける。マッチで火をつけると青い炎が立ち上がり、害草を燃やしつくして消えた。不思議なことに正しい処理をしてから火をつけると、害草だけが燃えるのだ。その場にも火種が残ることはなく火事の心配もない。

害草を駆除した目印として彼は旗を立てた。害草を処理できたので、この近辺で作物を育てると豊穣が約束される。

とはいえ、街道沿いの辺鄙《へんぴ》な場所を畑にするのは無理がある。後日、栄養満点の土のみ採取し別の畑で利用することになるだろう。一連の作業が終わると、彼が声をかけてくる。

「馬車の中から害草を発見したと聞いた。もしや、君はセーネ・ラギャか？　話は聞いている。さすがの観察眼だな」

「はい、そうです」

名前を呼ばれ、セーネは頷《うなず》く。

王都で働いていたセーネはラッチランド侯爵領にある研究所への異動を希望していた。ラッチランドはとにかく害草の被害が大きいため、前侯爵が私財を費やして大規模な研究所を設立したのである。設備が整っているうえに、研究対象となる害草の数が多いので、研究をするなら王都よりもラッチランドに行くのが一番だというのは草官の間でも有名な話だ。

向上心が高い草官にとって、ラッチランドの研究所で働くのは夢である。だが審査が厳しく、セーネもずっと志願書を出しつづけていたがなかなか受からなかった。

けれど、なんとしてもラッチランド侯爵領に行きたいと願っていたセーネは、渾身の研究論文を書き上げる。今度こそと思い志願書と共に提出したところ、ようやく異動が認められたのだ。

今期、研究所に赴任するのはセーネ一人だけである。そのことが、もう現場の草官に周知されているらしい。

「明日から研究所で働く予定です。草官の先輩ですよね？　よろしくお願いします」

第一印象が大事なのでセーネがはきはきと挨拶をした。ぺこりと礼をすれば、彼が手を差し出してきたので握手をする。

(あれ？　なんだか、ごつごつしてる)

彼の手は大きくて皮が厚く、硬い感触がした。草官では珍しい騎士のような手だ。密かに驚いていると、聞こえてきた名前に耳を疑う。

「俺はエルダリオン・ラッチランド。研究所にもよく顔を出している」

それは紛れもなく現ラッチランド侯爵の名前だった。

「……！　こ、侯爵様ですか！」

まさか、こんな辺境の街道に侯爵がいるなんてとセーネは目を瞠る。

貴族と握手するなど恐れ多いと手を引っこめようとしたけれど、大きな手にがっしりと握られていて放せなかった。

「こ、侯爵様とは知らずに、ご無礼を働き申し訳ございません。制服を着ていらっしゃるので、てっきり同僚だとばかり……」

「無礼だなんてことはない。リコデル草の危険性は高くないが、繁殖力がすごいからな。しかも、種子散布の直前だったのだろう？　とっさの判断、感謝する」

エルダリオンはにこやかに微笑《ほほえ》む。手はずっと握られたままだ。

「草官の制服は非常に機能的で駆除作業には最適の格好だろう？　数年前までは執事に侯爵らしい服装をするようにと小言を言われていたが、最近は諦めたようで注意されない。

だから普通に着ているが、確かに侯爵とは思えない姿だな。こちらこそ勘違いさせてすまない」

そう言って、エルダリオンは笑った。夏の日差しを受けて髪の赤い部分がきらめく。

（侯爵様が自ら害草を駆除しているって噂《うわさ》は本当だったんだ……）

ラッチランド領の前侯爵は害草被害で妻を亡くしたのをきっかけに害草研究所を設立し、自らも研究に力を入れていたというのは有名な話だ。しかし、前侯爵は害草に起因する病に冒《おか》され五十そこそこにして亡くなり、現在は息子であるエルダリオンが若くして侯爵位を継いでいる。確か今年で三十一歳になるはずだ。

現侯爵のエルダリオンも、父親同様に害草研究に熱心で草官の資格を取得していた。セーネも若くして試験に受かったが、合格の最年少記録保持者はエルダリオンである。

ラッチランドは他の地域より害草が多い特殊な場所だ。その領主である彼は草官の資格を取得しているので、害草関連に関しては様々な特権を与えられていると聞いたことがある。

（ラッチランドでは、法律よりも侯爵様の権限のほうが上だとか……）

エルダリオンは侯爵であるのに、自ら害草のある場所に足を運んで駆除にあたっているという。王都でその話を聞いたとき、高貴な身分の人間が地道に駆除活動をしているなんて噂が一人歩きしているだけだろうと思っていた。だが、どうやら真実らしい。

（害草中心の生活を送っているから、陰でのあだ名が草侯爵だっけ。こんな街道まで巡回しちゃうくらいだし、草官の制服まで着ちゃってるし。よっぽどなんだな）

草官の制服はポケットも多いし、ベルトには器具を引っかけられるようになっている。確かに害草駆除にはもってこいの服装だけれど、決して貴族が着るようなものではなかった。……もっとも、貴族が害草駆除をするというのがすでにおかしいのだが。

「君の論文を読んだが、とても素晴らしかった。ぜひ我が侯爵領の研究所に招きたいと思っていたんだ」

「……！　それは光栄です。ありがとうございます」

まさか侯爵であるエルダリオンが研究所の採用審査にまで関わっていたとは予想もしておらず、セーネは驚愕する。侯爵としての仕事も忙しいだろうに、わざわざ異動希望者の論文まで目を通すなんて本当にすごい人だ。

「ところで、次の乗合馬車がここを通るのはまだ先だ。よければ俺の馬に乗ってくれ。街まで移動しよう」

エルダリオンは馬を指して提案してきたが、セーネはすぐに断った。

「そんな、とんでもないです。乗合馬車が来るまで待ちます」

馬は一頭なので、当然二人で乗るはずだ。当然、密着することになる。気心の知れた相手ならともかく、出会ったばかりの男性で、なおかつラッチランドで一番偉い人間と一緒に馬に乗るなど考えられなかった。

セーネはなんとなく後ずさるが、エルダリオンはすかさず一歩距離を詰めてくる。

「遠慮するな。そもそも次の馬車が通りかかる頃には日が暮れているぞ？　レディをこんな場所に置いていけるわけがない。俺が侯爵だから遠慮しているのかもしれないが、優秀な草官は我が侯爵領の財産だから大切にしたい。よって、俺の馬に乗ること。いいな？」

「……っ、はい」

有無を言わさぬ迫力にセーネは頷くしかなかった。すると、エルダリオンはようやく手を放してくれる。

「よし、それでは君の荷物を馬に乗せよう」

「あっ」

周囲には麻袋をひっくり返したときに落ちた衣類が散らばっていた。……そう、下着もである。とにかく急いで袋を害草に被せる必要があったし、その後も駆除処理と彼の挨拶で気にする余裕もなかった。

「少々お待ちください。服を入れていた袋を駆除に使用したのですが、急いで空にしようとしたら散らかしてしまって」

セーネが慌てて拾おうとすると、エルダリオンが先にひょいひょいと拾い上げていく。

地面に落ちているものを貴族に拾わせるなど恐れ多いし、なにより下着に触れられたくはなかった。拾うのをやめてほしくて懇願する。

「自分で拾いますから！」

「気にするな。二人で拾ったほうが早いだろう」

セーネの必死な様子をただの遠慮だと思ったのか、軽く流されてしまう。次々と拾いつづけて一枚の布を手にした瞬間、彼は硬直した。三角形をしたそれは、どこからどう見ても下穿きである。

「こ、これは……！」

彼は顔を上げて周囲を見渡した。普通の服に紛れて胸当てと下穿きが散乱していることにようやく気付いたらしい。

「す、すまない！　小さな布だから、てっきりハンカチだと……！」

「いえ、こちらこそすみません！」

ようやく彼が動きを止めてくれたので、セーネは慌てて拾い集めた。しかし、麻袋を害草駆除に使用してしまったし、トランクは他の荷物でぎゅうぎゅうの状態で、衣類を詰められる空きがない。

（拾ったけれど、どうしよう？）

衣類を抱きかかえたまま考えあぐねていると、エルダリオンが馬に戻り荷鞍につけた鞄から綺麗な布袋を持ってくる。てらりとした手触りで、絹でできた高価なものだろう。

「とりあえず、これを使ってくれ」

「ありがとうございます」

高価な袋に土で汚れた衣類を入れてしまうのは忍びないけれど、他に方法がない。セーネは絹の袋に衣類を詰めこむ。エルダリオンはセーネから絹の袋を受け取ると、トランクと一緒に手際よく荷鞍にくくりつけた。

エルダリオンの馬は王都で見たものよりも大きく、足が太いわりに短い。荷物を載せても平気そうだし、人が乗る場所も余裕がある。

「大きい馬ですね。ラッチランド侯爵領の馬はこうなんですか？」

下着を見られた気まずさを打ち消すように、セーネはそう問いかけてみた。

「この馬はそんなに速度は出ないが、荷物を運ぶのに特化した馬だ。害草対策の品を持ち歩いているから、見回りのときに乗るようにしている。急ぐときは普通の馬を使うよ」

「そうなんですね」

「君を乗せても大丈夫だ。街までは距離がある。さあ、乗ろうか」

「わっ」

エルダリオンはセーネをひょいと抱き上げると馬に乗せてくれる。それから自分も馬にまたがった。

荷物だけでなく、人間を二人も乗せているのに馬はびくともしない。速度は遅いものの、しっかりとした足取りで進む。安定感があるので安心して乗っていられた。

「ここから街までどのくらいかかりますか？」

「この馬だと一時間ほどかかる」

いつもなら一時間なんて早く感じる。しかし、エルダリオンと馬に乗って過ごす一時間は長いと思えた。そもそも、こうして誰かと一緒に馬に乗るなど初めての経験である。想像以上に密着するので気になってしまう。背中にあたる逞《たくま》しい胸板の感触が落ち着かなくて、そわそわする。

セーネが無言になると、エルダリオンのほうから話しかけてきた。

「最近の王都の害草被害はどんな感じだい？」

「城の周辺と城下町はまずありません。中心部から少し外れると、ちらほらと出てきます。それでも他の地方に比べれば少ないほうかと」

たまに発生する害草は昼夜問わず、発見次第すぐに草官が処理をすることに決まっている。王族の安全を最優先し、王都では研究よりも駆除に重きを置いているからだ。

「そうか……。王族が被害に遭っては大変だからな。城の周りにないなら、なによりだ」

「しかし、そのせいで王都では害草の研究が遅れています」

セーネは残念そうに呟《つぶや》く。

研究をしようにも、王都には研究対象となる害草の数が少なすぎるのである。

「しかし、草官は王都にいたほうが安全だろう。危険な害草も少ないし、大勢の草官が二十四時間態勢で城に詰めている。なぜ、君はわざわざこのラッチランドに来ようと思った？　研究ができるぶん、ここには危険な害草も多いぞ」

背後から聞こえる声色には疑念が滲《にじ》んでいる。

高い給金を目当てに草官になった者は安全な城勤めを望み、あえて危険なラッチランドの研究所を志願する者はいない。女性ならなおさら王都での勤務を望む者が多い。

王都の同僚には「こっちで仕事するほうが安全だし楽じゃない？」と言われたが、セーネの決意は揺らがなかった。

「どうしても害草に関わる研究がしたかったので、志願しました」

「その理由を聞いても？」

「私は王都より東の地方出身ですが、幼い頃に両親が害草病に罹ってしまったのです」

――害草病。害草に起因する病を総合してそう呼ぶ。

「両親は呼吸器を患いました。先ほどのリコデル草が原因だと思います」

リコデル草には人を即死させるような危険性はない。それでも、植物としての周期《サイクル》が早いのだ。発芽し、成長し、種を飛ばし、枯れるまでわずか十日である。下手すればそこに害草があったことに気付かれないまま姿を消す。

それだけならいいのだが、リコデル草は枯れる際に特有のカビを放つ。そのカビが混入した空気を知らないまま吸いつづけると、呼吸器が異常をきたしてしまうのだ。

リコデル草由来の害草病を発症すると、息を吸うだけで胸が熱くなり、ひゅうひゅうとふいごのような音が漏れる。数年かけて徐々に身体が弱まり、最終的に死に至った。

「リコデル草の害草病ならば薬が存在するが……」

エルダリオンは言い留めた。

一部の害草病には特効薬が存在する。その薬の原料も害草なのだから皮肉なものだ。

そして、害草病の薬は貴重なため地方では入手しづらい。しかも夏のように害草が増える時期は品薄になる。薬が存在したところで入手できるかどうかはまた別の話だった。

彼はセーネの両親が亡くなったと思っているのだろう。だからはっきりと否定する。

「私の両親は運よく助かりました。この侯爵領で作られた薬を入手できたのです。リコデル草の害草被害が増える時期に前ラッチランド侯爵が薬を大量生産して、全国に送ってくれたのだとお聞きました」

「そうか、それはよかった。父上の代から続いていることだから、今の時期は俺も薬の寄付をしている。こうして実際に助かったという声を聞くと俺も嬉しい」

エルダリオンは安堵の息をついた。

（出会ったばかりの私の親のことを心配してくれたのかな？　侯爵様は、とてもいい人かもしれない）

そんなことを考える。

「両親は死ぬ寸前だったので、薬ひとつですぐによくなるのかと当時は驚きましたし、すごいと感動しました。そのとき、私は草官になろうと思ったのです。ラッチランドの研究所で働き、私も誰かを救う手助けをしたいと」

セーネが草官になろうと思ったきっかけがこの出来事だ。

ただ、勉強するうちに害草の魅力に取り憑かれたのも事実である。

様々な性質を持つ害草のことを知れば知るほど探究心が刺激され、興味を持った。今ではすっかり害草の虜であり、害草マニアでもある。

「そうだったのか……。君のように若い女性がうちの研究所を希望するのは、とても珍しい。数年前に志願書を見たときから君のことは気になっていた」

「……！　私のことをご存じだったのですか」

それほど前から認知されていたことに驚く。

「ラッチランドの草官の給金は、危険なぶん王都の草官よりも高い。その高額な報酬目当てで我が研究所を志願する者は多いし、その中には当然女性もいる。しかし、実際に危険な害草を目のあたりにすると怖くなってしまうようでね。研究所に赴任しても、女性の場合は九割がいなくなってしまうんだ」

「そうなのですか……」

ラッチランド研究所への異動を志願するならば向上心が高く、当然その危険度も理解していると考えていた。だが、違うようだ。お金のために軽い気持ちでラッチランドに来た先人たちがいたらしい。

「毎年届く志願書で君の優秀さは把握していたけれど、女性の草官を採用する際にどうしても慎重になっていた。しかし、あそこまで立派な論文をつけられては拒めない。優秀な人材は大歓迎だし、セーネ・ラギャがどういう人間なのか気になった」

「……！」

今まで異動審査に落ちるたびに落ち込んでいた。しかし実際は実力が足りないわけではなく、性別が理由だったとは。もし自分が男性だったらもっと早く研究所に来られたのかもしれない。

（少し悔しい気もするけれど、仕方ないか。雌しべと雄しべが性質も役割も違うみたいに、生物である以上は性差が存在する。ラッチランド侯爵領の草官が女性には向かないという統計があるのなら、審査が厳しくもなるのは当然のこと）

もし自分が男性だったら……という考えを押し殺して自身を納得させる。

（それに、女性のほうが害草病に罹患《りかん》しやすいし）

九割もの女性がいなくなった理由は辞職だけではなく殉職も含むはず。害草病はもちろん、ツタを巻き付けてくるような攻撃的害草に襲われた場合、力強く抵抗できる男性のほうが助かりやすいだろう。

女性の生命を守るという観点からも、エルダリオンの判断は間違っていない。

(審査が厳しくたって、私は努力でそれをねじ伏せた。そもそも研究所を作ったのは国ではなく侯爵家なわけだし、侯爵様の考えは絶対よ。それに、なんで審査に落ちつづけていたのか納得できたのはよかった)

明日からここで研究できるのだから、それで十分である。

そんなことを考えつつ、たわいもない会話をしていると街に到着した。ラッチランドで一番栄えている中心街である。セーネは馬から下ろしてもらった。

研究所は害草という危険なものを取り扱うため、当然街から離れた場所にある。セーネが住むことになる寮も、有事の際すぐに動けるように研究所の隣に建てられていた。

(街まで着けば、あとの移動は簡単だったよね)

ラッチランド侯爵領における草官の地位は高く、優遇されている。草官の身分証を提示すれば、いつでも馬車を出してもらえるようだ。しかも代金は草官が負担する必要はなく、月末にまとめて侯爵家が支払うらしい。

「侯爵様、ありがとうございました。あそこで馬車を待っていては遅くなっていたと思うので、助かりました」

荷物を受け取り、セーネは頭を下げる。

「こちらこそ害草を見つけてもらって助かった。この時期のリコデル草はいくら見回りをしても追いつかないからな。俺もまた見回りに行く」

「侯爵様自ら見回りもしていらっしゃるのですか？」

リコデル草はどこにでもある害草で数も多い。王都でも草官が見回りをしているが、主に下っ端の草官の役目だった。

エルダリオンが地道に探し回らなくても、人を雇えばいいのにと考えてしまう。駆除できるのは草官のみだけれど、探すだけなら誰でもできるのだ。

「リコデル草駆除の人手は一人でも多いほうがいい。それに、ここは俺の領地だ。特にラッチランドでは植生《しょくせい》が変化しやすいから、俺自身が見回って状況を把握しておきたい。報告書を読むより、実際に目で見たほうが色々なことがわかる」

そう言い切ったエルダリオンに、セーネは感動してしまう。

(なんて立派な人なんだろう)

こういう人が治めるからこそ、侯爵領は王都の次に栄えているのだ。もし領主が愚か者なら、害草の利益を享受する前に滅びる気がする。

実際、現場には報告書の数値《データ》だけではわからない情報が確かにあるのだ。

彼もそれを知っているからこそ、自ら足を運んでいるのだろう。

「ところで、君は寮に入るのか？　それとも、街に住むのか？」

「寮に入る予定です」

「そうか。……ふむ」

セーネの返事を聞いてエルダリオンが眉根を寄せた。その表情から、セーネが寮に入るのを歓迎していない様子が窺える。

「もしかして、なにか問題があるのでしょうか？」

侯爵領で草官は厚遇されるのだから、てっきり寮の設備も調っていると考えていた。違うのだろうか？

「……いや。女性の草官が少ないと伝えただろう？　実は草官寮は男性も女性も同じ建物だ。さらに、研究所に勤めている女性の草官は既婚者ばかりで、寮から出ているはずだ。俺の記憶が正しければ、君以外の女性は寮にいない」

「そうなのですね」

王都では男性寮と女性寮で建物が分かれていた。とはいえ、女性の数が少ないのであれば建物を分けることもないだろう。男女共同の寮でも驚かない。

特に気にすることもなく、セーネは軽く答える。

「そうなのですねって……君のような若いレディが男ばかりの寮で過ごすんだぞ。気にならないのか？」

「もし私が被害に遭うような事態が起これば相手は裁かれるでしょうし、ラッチランド侯爵領の犯罪数は王都で一番少ないと聞いています。それに私は研究所の男性たちの人柄を知りませんが、信用できない類《たぐい》の人たちではないのですよね？」

「草官たちは真面目な者ばかり」

「そうですよね？　それに、同じ寮に女性がいるからといって短絡的に襲うような頭の悪い草官がいるとは思いたくないです」

セーネは自分が草官であることを誇りに思っているし、同じ草官たちを尊敬している。

特にラッチランドの研究所で働くような草官なら稼いでいるだろうし、セーネを襲うくらいなら高給娼館に行くだろう。景気がよく、貧困層の少ないラッチランド侯爵領はとても治安がいい。水商売も栄えていて、それ目当ての観光客も多いと聞く。

「実際に行って自分の目で見て決めます。万が一信用できないと感じれば寮を出ればいいだけの話ですし」

とりあえず、見てもいないものを決めつけるのは馬鹿らしい。寮が駄目でも民から尊敬される草官なら住む場所なんてすぐに見つかるだろうし、お金ならある。

「そうか、わかった。だが、もし困ったことがあればいつでも侯爵家に来てくれ。力になろう。侯爵家は研究所のすぐ近くにある」

「えっ。そうなんですか？」

「行けばすぐにわかるだろう。では、またな」

エルダリオンはそう言うと、馬にまたがり去っていった。リコデル草を探しにいったのだろう。

セーネは辻馬車を拾い、草官の身分証を見せて研究所まで向かった。

到着すると、予想していた何倍も立派な建物だったので驚いてしまう。そのすぐ側に寮と思われる建物があったが、そう遠くない場所に大きな屋敷が見えた。一目で貴族の屋敷だとわかる。あれが侯爵邸だろう。

(本当にこんなに近くにあるなんて)

研究所を設立したのは前侯爵だ。なるべく害草から離れて暮らしたいと思うのが普通なのに、わざわざ自分の屋敷の近くに建てるとは驚きである。

前侯爵夫人は害草で亡くなっているし、それを受けて害草研究に傾倒した前侯爵も結局は害草病に倒れた。それでもなお、エルダリオンは害草研究所の側に住みつづけていると思われる。

(ラッチランド侯爵なら引っ越せるほどの財力はあるんだろうけど、あえてここにいるんだよね?)

そんなことを疑問に思いつつ、セーネは寮の扉を叩いた。すると、中からエプロンをつけた初老の女性が出てくる。

彼女はセーネを見ると微笑んだ。

「やあ、いらっしゃい。あなたがセーネ・ラギャさん？」

「はい、そうです」

「私がここの管理人だよ。王都からラッチランドまでは遠かっただろう？　ちゃんと部屋も用意してあるよ。さあ、どうぞ」

管理人に促されて建物の中に足を踏み入れる。すると、独特の匂いが鼻をついた。

「……っ？」

セーネは思わず顔をしかめる。

「ん？　どうかしたかい？」

初老の管理人を心配させないように、セーネは首を横に振る。

「い、いえ。なんでもありません」

見える範囲では、寮の中はとても片付いていた。ほぼ男性しか住んでいないというけれど汚い雰囲気はない。

しかし、なにかが匂う。

腐ったような匂いでもないし、異臭といえるほど強いものでもない。

(害草関係の匂いでもないし、臭い……とはちょっと違う。でも、どこかで嗅いだことのあるような気がする。……あっ、弟の部屋の匂いに近いかも！)

そこでセーネは、弟の部屋を思い出した。

弟は綺麗好きである。毎日ちゃんと風呂に入るし、部屋も片付いていた。体臭もない。それでも、弟の部屋は独特な匂いがして違和感を覚えた。

(もしかして、男性特有の匂いなのかな)

体臭と呼べないまでの微《かす》かな雄の香り。体臭のない弟でさえ、同じ部屋を使いつづけることでその場所に匂いが染みついていた。

この寮には男性ばかりなので、おそらく特有の匂いがするのかもしれない。

(むさくるしいって言葉がぴったりくるかも)

不快に感じるぎりぎりの匂いだ。さりげなく管理人の顔を窺うと、年のせいなのか、それとも慣れてしまったのか、彼女はこの匂いを気にしていないように見える。

(うっ……ちょっとつらいかも。でも、そのうち慣れるのかな……?)

セーネは我慢して歩く。すると、寮の端にたどり着いた。

「この辺りが昔女性の草官が使っていた区画だよ。日当たりもいい。緊急時以外、ここには男性の草官は立ち入れない規則になっているから安心しておくれ」

管理人が角部屋の扉を開ける。

部屋の中に足を踏み入れると先ほどまでの匂いがましになった。廊下などの共用部分はともかく、女性が使っていた部屋だし、部屋の中までは匂いが染みこんでいないのだろう。安堵してしまう。

「とりあえず、ゆっくり休みなさい。夕食のときに呼びに来るよ。それと、これが寮の注意事項だからね」

「はい、ありがとうございます」

注意事項の紙を受け取りながらセーネは礼を言う。

管理人が出ていくと、真っ先に窓を開けた。新鮮な空気が入ってくる気がする。

「はーっ……」

深呼吸をしてセーネはベッドに腰を下ろした。

寝具一式、ぴかぴかの新品である。セーネのために用意してくれたのだろう。

王都の寮に入った際、寝具は綺麗に洗濯されていたものの新品ではなかった。こうして新しいものを準備してくれるのだから、侯爵領はかなり裕福らしい。ラッチランドでは草官という人材がいかに大切にされているのか伝わってくる。

(国で一番豊かなのは王都だけれど、自由に使えるお金が多いのは侯爵領のほうかもしれないな。だったら、研究費も惜しみなく出してくれそう。あんな研究もこんな研究もできるかも)

王都でもやりたい研究はたくさんあったけれど、設備の都合でほとんどが叶わなかった。しかし、ここでなら可能なはずだと未来に思いを馳《は》せる。

疲れのせいかそのまま意識が薄れていき、管理人が呼びに来るまで寝てしまった。

◆　◆　◆　◆

セーネがラッチランド侯爵領に来てから二週間が経過した。

最初は緊張していたものの、すぐに馴染《なじ》む。

侯爵領で研究している草官たちは、いわば害草マニアだ。下っ端でも高給取りだからか出世欲のある者も見あたらない。王都では他人を出し抜こうと敵対して人間関係が悪化し、職場の雰囲気が重くなることがあった。だが、この研究所はそんな面倒事とは無縁そうである。

むしろ、出世して偉くなったら研究の時間が減ると考えている研究員が多い。上の年代の草官たちはこぞって「出世したくない」と口にしていた。

王都では草官の間でも派閥争いや色恋沙汰も多々あり、セーネは巻きこまれる形で余計な時間を消費することがあったので、この研究所の雰囲気が気に入った。

実験方針や見解の違いにより言い争うことはあれど、その論争は決して無意味なものではない。

(本当に、この研究所に異動できてよかった！)

心からそう思いつつ、セーネは台車を押しながら研究所の廊下を進んでいた。台車には大量の土が載せられている。

害草研究所とあって、一部の区画では害草の栽培が行われていた。

基本的に害草の栽培は法律で禁止されている。

しかし、一部の害草は使用方法によっては人間の益になるので、国に認可された土地でのみ栽培を許可されていた。当然、栽培するのは草官であり、研究所の外に種が飛ばないように徹底的に管理している。

本日はセーネが世話の当番だった。うきうきしながら栽培区画へ向かっていると前方から歩いてきた女性草官に声をかけられる。

研究所に所属している女性は少ないので、彼女とはすぐに親しくなった。三児の母で、夫と街で暮らしているらしい。世話焼きでセーネにもよく声をかけてくれた。

「こんにちは、先輩」

元気よく挨拶をする。

「あら、こんにちは。今日はセーネが世話当番なの？」

「はい、そうです」

「じゃあ、念のために私もついていこうかしら。まだ慣れないでしょう？」

彼女はセーネの隣に並んで歩き始めた。自分の仕事もあるだろうに、異動してきたばかりの新人を気遣ってくれる。その優しさに胸が温かくなった。

「ありがとうございます」

「いいのよ。それより、研究所はどうかしら？　やっていけそう？」

「はい！　まだ雑用ばかりですが、とても楽しいです」

セーネはにこやかに答えた。

どこになにがあるのか、そして所内の設備でどんな研究ができそうなのか自分で把握しなければ、研究計画書も作れない。まずは雑用をしながら学ぶ期間だ。

その雑用でさえセーネの心は躍ってしまう。つまらないと感じる仕事はひとつもない。

「研究所内に栽培区画があるのは知っていましたが、とにかく設備がすごくて……。見るだけで感動しました」

「わかるわ。私も最初に見たときは震えたもの。薬の材料となる害草の栽培は必要だし、研究するにも害草は必要だしね。でも、種が外部に流出しそうな害草は育てられないでしょう？　十数年かけて今の形に落ち着いたのよ」

先輩草官はしみじみと呟く。彼女は齢五十と聞いていた。昔からこの研究所にいるようで、色々と知っているらしい。

二人で栽培設備についてひとしきり盛り上がっていると、ふと彼女が訊《たず》ねてくる。

「ところで、寮に入っているんでしょう？　管理人のおばあさんがいるはずだけど、若い女性はセーネだけよね。どう？　そっちのほうは大丈夫そう？」

「うっ。それが……」

セーネの歯切れが悪くなる。すると彼女は眉をつり上げた。

「なに？　まさか迷惑な奴がいたりする？　所長に報告してとっちめてあげようか？」

研究所でも古株の彼女は所長とも親しい。なんとも頼もしいけれど、セーネは慌てて否定した。

「いいえ、違います！　寮の皆さんはすごく気を遣ってくださるので、かえって私のほうが恐縮してしまいます」

寮の男性陣はセーネに変にちょっかいをかけてくることもないし、いつだって優しく声をかけてくれた。

その気遣いはわかる。わかるのだが——。

「でも、空気がなんというか……。雰囲気という意味ではなく、物理的な意味で……」

「ああ！　あの寮、なんか匂うのよね。悪臭じゃないけど、むわっとする」

彼女はずばり言い当てた。

「わかるわ。人間という種族の雄が持つ独特の匂いなのよ。あんなに男が集まってるんだもの、匂いも強くなるわ。私がいたときは新築だし女性も多かったからそこまで酷くなかったし、最近は若い女性が来なかったから、すっかり忘れてた。確かにあれはつらいわよね……」

彼女はうんうんと頷く。

「皆さん清潔にしてらっしゃるのに、こんなことを思うなんて失礼なのですが、廊下とかの共用部分の匂いがつらくて……。自分の部屋に入れば平気なんですけど」

自室には香り袋《サシェ》を置いている。ほんのりといい香りがして、自分の部屋は大好きだ。王都の寮より広いし、新品の寝具も寝心地がいい。部屋にこもってしまえば問題ない。

一日の大半を過ごすのは研究所か自室であり、寮の共用部分にいる時間は短かった。それでも、身体へのささやかな打撃が蓄積されていく気がする。

「街にはいくらでも借家があるけど、研究所までの移動に時間がかかるのよねぇ……」

「そうなんです。だから、家を借りるのも迷ってしまって」

草官の場合、交通費はかからないし、借家を借りるだけの給金はもらっている。

それでも、研究所から歩いてすぐの場所にある寮と馬車で三十分かかる街とでは、体力的にも時間的にも大違いだ。

今はまだ雑用ばかりだけれど、自分で研究が始められるようになったら、移動の時間さえも惜しく思うだろう。研究重視ならやはり寮にいるべきだ。

（わかっているけど、それでもあの匂いがつらくて悩んじゃうんだよね）

一人一人の体臭がきついわけではなく、多数の男性が集まって生活しているからこその匂い。そのうち慣れるかもしれないと期待したものの、二週間経過した今、どんどんつらくなっていった。

「ともあれ、研究者は身体が資本よ。体臭というか匂いにも相性があるわ。男臭い空間はセーネには合わないのね。生理的に苦手なものを克服するのは難しいから、無理はしないでね。どうしてもつらくなったらうちに泊めてあげるから、ゆっくり家を探せばいいわ」

「ありがとうございます、先輩」

いざというときに頼れる人がいるのはありがたい。セーネはお礼を伝える。

（匂いの相性か……。そういえば、弟の部屋の匂いとも似てるけど、弟の部屋はつらくはなかった。家族だから平気だったのかな？　世の中には匂いの研究をしている人もいるのかな……）

そんなことを考えていると、前方から早足で歩いてくる男性の姿が見えた。エルダリオンだ。やはり草官の制服を着ている。黒に赤が混じった独特な髪はとても目立ち、遠くからでも彼だとわかった。

あの奇抜な髪は害草実験の結果らしい。髪の色を変える害草があるけれど、自分の髪で実験するなどさすがだと思ってしまう。……もっとも、同じ害草を入手したらセーネも自分で実験してしまいそうだけれども。

セーネは台車を廊下の端に寄せ、先輩と一緒に頭を下げた。

この研究所の中には侯爵専用の研究室が存在する。エルダリオンは優秀な害草研究者でもあるので、所内で彼の姿を見かけるのは珍しくもない。

エルダリオンはセーネたちを見ると足を止めた。

「ああ、ちょうどよかった。草官を探していた」

「どうしましたか？　実験の補佐が必要でしょうか」

「いや、違う。たった今、ハゾ草の発見報告が届いた。駆除に向かう人員を探している」

「ハゾ草……！」

先輩とセーネは顔を見合わせる。

害草はその危険度により八つの等級に分けられている。

もっとも危険とされる一等級は遭遇すると即死する危険があるもので、リコデル草は遭遇時に即死する危険がない八等級だ。

そして、今発見が報告されたというハゾ草は遭遇時に死亡の可能性が極めて高いとされる二等級に分類されていた。つまり、数ある害草の中でもかなり危険である。毎年必ずハゾ草の被害者が出ているほどだ。そんな危険種の発見報告があれば、なにを差し置いてでも駆除に向かわなければならない。

しかし、駆除は容易ではなかった。ハゾ草は全長が人の背丈を優に越える巨大な草で、天辺にヒマワリに似た花を咲かせる。首の太さほどの茎は硬い皮に覆われていて、ちょっとやそっとでは傷つかない。

なにより、花が危険だった。ヒマワリ同様、大きな花の中央に種がびっしりと実っているが、その種が地面に落下することなく『動く生物』めがけて飛んでくるのだ。ヒマワリが太陽のほうを向くのなら、ハゾ草は『動く生物』に反応して花を向ける。そして、種を勢いよく放つのだ。種は先端が尖っており、対象になった動物の肉に深く刺さる。種が刺さった獣は徐々に弱っていき、数日で朽ち果てる。

種が刺さってから死ぬまで数日の猶予があり、その間に遠くに種を運んでもらい、さらに獣の身体を養分にして次代が育つという仕組みだ。

だが、その種は人間に対してのみ強い毒性を持っていた。その種が刺さった人間は即死してしまうのだ。

ハゾ草は人間にとって大変な脅威である。

種の射程範囲に入らなければ問題ないが、森の中などでハゾ草が生えていることを知らずに射程範囲に入ってしまえば即座に種が飛んでくる。刺されば即死だ。ハゾ草はその見た目から、死のヒマワリとも呼ばれている。

ともあれ、犠牲者を出さないため、さらに動物に種を運ばせないようにするため、ハゾ草は速やかに駆除する必要があった。二等級の害草の中でも駆除優先度が高い。

「私が行きます」

すぐに声を上げたのは先輩だった。ラッチランド研究所に長くいる彼女は、当然ハゾ草の駆除経験があるだろう。

しかし、エルダリオンは拒んだ。

「駄目だ。報告があった場所はここから遠く、帰ってくる頃には夜も遅くなってしまう。確か、君の下の子はまだ九歳だったはずだ」

それを聞いて、セーネは驚いた。

先輩は三人の子持ちである。上二人はすでに成人し独立しているが、年を取ってから産んだ末の子はまだ幼い。どうやらエルダリオンはそこまで把握しているらしかった。研究員の顔と名前をすべて覚えているだけでなく、まさか家族構成まで知っているとは恐れ入る。

「ハゾ草の駆除は君も知ってのとおり大変危険な作業となる。家庭を持つ者ではなく、独身の者が優先して行くべきだ」

エルダリオンがセーネに視線を向けてきた。独身であるセーネのほうが行くべきだと思っているのだろう。当然、駆除に行くことに異論はない。

それどころか、王都ではハゾ草になかなか出会えないので駆除に参加できるのは嬉しい。死の恐怖も少なからずあれど、それ以上に探究心が刺激された。

「はい、私が行きます。すぐに準備します！　ハゾ草の駆除となれば騎士とペアを組みますよね？　騎士はもう見つかったのでしょうか？」

等級が高い害草の場合、必ず複数人で駆除隊を組む。さらにハゾ草の場合は駆除の工程で茎を切断しなければならないが、ナイフではとても歯が立たない。大剣を扱える騎士の協力が必要だ。

騎士の手配はすんでいるのかと訊ねてみれば、予想外の答えが返ってくる。

「俺が行く」

「えっ」

セーネは絶句した。剣を使える草官がいるなんて話は聞いたことがない。

先輩が苦虫を嚙みつぶしたような表情で説明してくれる。

「貴族は有事の際に王の剣となるため、鍛錬《たんれん》することが法律で定められているの。だから、侯爵様なら駆除できるのだけど……」

平民であるセーネは貴族法をよく知らない。そんな法律は初めて知った。

ならば、エルダリオンは剣をまともに扱えるのだろう。騎士相当の腕前を持っているのかもしれない。

それでも、ラッチランドで一番偉いエルダリオンと一緒に二等級の害草駆除に行けるはずがない。二等級の害草駆除は一歩間違えたら死ぬのだ。

「だとしても、侯爵様は行くべきではありません。侯爵様はラッチランドに必要なおかたです。ハゾ草は危険すぎます」

セーネがそう伝えると、同意するように先輩も頷く。しかし、彼が説得に応じる様子はない。

「自分の立場はよくわかっているが、害草に詳しい騎士は少ない。危険だからこそ騎士のように動けて、害草の知識を持ち合わせている俺が行くべきだ」

「それは……」

エルダリオンの言いぶんはもっともだ。予想外の現象が生じた際、害草の知識があったほうがうまく対処できる。

(でも、侯爵様が行くなんて)

セーネは先輩を見た。すると、彼女は静かに首を横に振る。

「侯爵様は危険な害草……それこそ一等級でもご自身で駆除に行ってしまうのよ。この地で一番権力のあるおかたですもの、誰も止められないわ」

「い、一等級でも?」

セーネは目を丸くした。そして、エルダリオンを説得するのは無理だと悟る。

一等級の害草駆除がどれほど危険なものなのか、草官ならば誰もが知っている。当然過去に何度も引き留めていたはずだし、それでも無駄だったのだろう。

新人のセーネの声がエルダリオンに届くとは思わない。こうなったら、いざというときは身を挺して彼を守るしかないと考えた。

(説得するだけ時間の無駄。説得は諦めて、すぐにでも駆除に向かうべき)

セーネは気持ちを切り替える。

「拝承しました。すぐに準備します」

「十分後、研究所の正門前に集合だ」

彼はそう告げると立ち去っていく。

「世話当番は私に任せて。あなたは急いで準備するといいわ。くれぐれも気をつけてね」

「はい！」

セーネは台車を先輩に引き渡すと廊下を走る。準備といっても、いつでも駆除に行けるように必要となる道具一式が入った鞄が研究所のいたるところに設置してあった。少し廊下を進んだだけで、壁にかかっている共用の鞄を発見する。

セーネは鞄を取ると正門へと急いだ。そこには大きな馬車が用意してあり、その前に三名の草官が待機している。

その草官の一人がセーネに気付いて声をかけてきた。

「あ、新入りの子だね。君も行くのかな？　ハゾ草の駆除はしたことある？」

「ハゾ草は初めてですが、足手まといにならないように全力を尽くします」

「そうか、王都では滅多に見ないもんな。ハゾ草は距離さえ気をつければ死ぬことはないし、経験を積むにはいいと思う。ただ、今回も侯爵様が同行するんだよなぁ……」

草官が溜め息をついた。やはり、侯爵の同行を快く思っていないらしい。

「まあまあ。気を遣うけど、役立たずの騎士が来るよりはぜんぜんましだろう。害草にビビりすぎて役目を果たせない騎士もいるしな」

「その点、侯爵様は知識もあるから行動に無駄がないし、こちらもやりやすい。でも、なにかあったらと思うと……」

草官たちの話を聞きながら、なるほどとセーネは思った。

(危険な場所に連れていくのは気が引けるけど、それでも優秀な人物を必要としてるのが現状なのね)

力仕事や剣を使った作業など、草官では無理な作業が発生する場合に騎士の同行が必要となる。

しかし、勇敢な騎士であっても死をもたらす害草は怖いのだろう。騎士の中には人間相手だと勇ましく戦えても、よくわからない害草を相手にするのは苦手な者がいるのかもしれない。

王都にいた頃は書類整理のついでに過去の害草駆除失敗の事例書をたくさん読んでいたけれど、怯えた騎士のせいで駆除が失敗するという内容も珍しくなかった。害草の多いラッチランドの騎士であっても怖いものは怖いのだ。

(侯爵様を止められない背景はこれか……)

草官の資格があり、騎士と同等の働きができる人物は貴重だ。背に腹は代えられない。エルダリオンも色々なことを鑑みて危険な駆除に向かっているに違いない。

(すごいな。尊敬する)

偉大なる侯爵の治める土地で働けることを幸運に思っているとエルダリオンが現れた。彼もまた、草官とまったく同じ鞄を手にしている。研究所に置いてあるものの中から適当に持ってきたのだろう。

彼はセーネたちに向かって宣言する。

「今回はこの五名で行く」

「五名……」

二等級の害草駆除にしては人数が少なすぎる。周囲の草官の表情を窺えば驚いた様子もなく、ここでは少人数での駆除はいつものことなのだろうと推測できた。

(私も気を引き締めないと)

セーネはぐっと拳を握る。

決意して馬車に乗りこんだ。馬で移動するほうが早いし草官は乗馬訓練もある。セーネも馬に乗れるけれど、長時間の乗馬は疲れるのだ。駆除前に体力を消費しないよう、遠方の駆除は馬車で移動するのが通例である。

しかし、エルダリオンは馬車に乗らず馬にまたがった。初対面のときに乗っていた大きな馬ではなく、足の速そうな黒馬だ。

「あれ？　侯爵様は馬車に乗らないんですか？」

馬車に同乗した先輩に訊ねる。

「いつものことだ。侯爵様は俺たちと違って体力があるし、早く移動したいんだろう。本当にラッチランドのために尽くしてくださるおかただ。俺たちも侯爵様のために頑張らないとな」

「そうなのですね」

草官たちと会話をしていると、皆がエルダリオンを尊敬していることがわかった。

セーネもここに来てまだ日は浅いが、エルダリオンに好意的な感情を抱いている。

馬車での移動中、ハゾ草の駆除経験のある草官たちから過去の様々な事例を聞いているうちに発見報告のあった場所に到着した。

ハゾ草の側まで馬車で行くわけにはいかないので、少し離れた場所で降りる。先に到着していたのだろう、すでにエルダリオンの黒馬が繋《つな》いであった。

そこから発見報告のあった場所に向かうと、前方からエルダリオンが歩いてくる。

「ああ、来たか。害草の場所は確認した。あれはハゾ草で間違いない。静かに行くぞ」

発見報告された害草の種類が合っているとはかぎらない。素人の報告だと間違っている可能性があるので、最初に害草を確認する必要がある。その作業はすでにエルダリオンが終わらせてしまったのだろう。本当に頭が下がる思いだ。

警戒しながら足を進めると、先頭を歩いていた草官が足を止めた。前方を指さす。

そこには赤いヒマワリのような花が咲いていた。

（あれが本物のハゾ草……！）

図鑑と標本では見たことがあるけれど、実際に生えている様子を見るのは初めてだ。下手すれば死ぬとわかっているのに、恐怖心よりも知識欲と好奇心から高揚感に包まれてしまう。

セーネは思わず口角を上げてしまった。絶対言わないけれど、わくわくしている。

動く生物に向けて種を飛ばすハゾ草は、無機質なものには反応しない。虫や両生類にも無反応だ。獣と人間にだけ反応する。

ハゾ草がどうやって無機物と生物を判別しているのかわからないが、『動物の毛・血・動き』の三つが揃うと標的として認識されることが知られている。その性質を利用し駆除をするのだ。

まず草官の一人が毛皮を取り出した。そこに瓶詰めした動物の血をかけ、小さな三輪車に被せる。

真っ赤な三輪車ができあがると、それをハゾ草のほうに向けて思いきり押した。

『動物の毛・血・動き』が揃ったこれを囮にするのだ。

毛皮を被った三輪車がぽたぽたと血を垂らしながら進むと、ハゾ草が振り返るような動きで花を向けてきた。植物とは思えず、まるで生きているみたいな動きである。

ハゾ草は毛皮に向かって種を勢いよく射出した。空気を切り裂く音が耳に届く。

（これがハゾ草の種射出……！）

知識としてあったものを実際に見られてセーネは感動する。

待つこと一分ほど、すべての種を射出したハゾ草の茎がうなだれ地面に倒れた。

種を飛ばした直後、ハゾ草はしばらく動かなくなる。これが駆除に最適な瞬間だ。

「よし、今だ！」

エルダリオンの号令で、薬瓶を持った草官のセーネたちがハゾ草に近づき粘性のある液体を満遍なくかける。エルダリオンは剣を振りかぶると、見事な剣さばきで太い茎を切り落とした。

一撃である。

（すごい！　本当に騎士みたい）

普通の草官には絶対にできないことだ。セーネは感心してしまう。

花を切り落としてしまえば、もう安全だ。順番通りに薬品をかけて処理をしていく。

一見すると簡単な作業に思えるけれど、ハゾ草の射程距離を見誤り必要以上に近づいてしまったり、ハゾ草と三輪車の直線上に位置してしまったりすると飛んできた種が刺さる可能性がある。ひとつでも刺されば即死だ。

無事に駆除できても、最後の種の処理でうっかり触れてしまって死亡してしまう事故も過去に報告されている。危険種の駆除は死と隣り合わせの行為なのだ。

ハゾ草本体も、種がびっしりと刺さった毛皮の処理も手分けして順調に進めていく。

セーネは自ら望んで、もっとも危険な種の作業にあたっていた。些細な間違いで死んでしまうかもしれないのに、恐れることなく嬉々として手を動かす。

（ここに来てわずか二週間で、ハゾ草なんて大物の駆除に参加できるなんてすごい！）

細長い種をピンセットでひとつひとつ摘まんで瓶に入れていく。この種は猛毒だが、毒成分を変化させることで薬にもなるのだ。

当然、害草からなにかを生成するのも草官の仕事だ。ラッチランド研究所のように設備が調っている場所でしか作業ができないし、資格がない者の害草加工は法律で禁じられている。

小一時間ほどで処理は無事に終わった。空がうっすらと赤く染まり始めている。研究所に戻る頃には夜になっているだろう。

最後に駆除した印の旗を立てると、エルダリオンがねぎらいの言葉を口にする。

「ご苦労。では研究所に戻ってくれ」

そう言うと彼は馬を繋いだ場所とは逆方向に歩き出す。草官が慌てて声をかけた。

「侯爵様？　馬はそちらではありませんよ」

「俺は少しこの辺を見回ってから帰る。ハゾ草がここまで大きくなっていたのなら、近くに別の害草が生えているかもしれない」

「い、今からですか？」

草官が声を震わせる。

作業自体はそこまで体力を使うものではなかったけれど、細心の注意が必要となるため精神を摩耗させる。そのせいで草官たちはとても疲れていた。

大物を駆除した直後、日も暮れようとする時間に再び害草の駆除作業をするなんて大変すぎる。

しかし、侯爵が残ると言っているのだから先に帰るわけにはいかない。

「かしこまりました。それでは、手分けして周辺を捜索しましょう」

疲れの滲《にじ》んだ顔で草官が宣言すると、エルダリオンが制止する。

「いや、俺一人で十分だ。君たちはもう帰っていい」

「しかし……」

「俺はまだ体力が有り余っているし、無理をするつもりはない。それに、どう見ても疲れた君たちは足手まといだ。これは命令だ、研究所に帰るように」

「侯爵様……」

確かにエルダリオンはまだ余裕で動き回れそうな様子だ。それに対して草官たちは足取りもおぼつかない。

セーネ以外は三十代から四十代で、ずっと中腰で作業していたから足腰に負担がきているようだ。

そんな中、二十代のセーネはまだ動ける。多少の疲労感はあるものの、二等級の害草を駆除できた高揚感で元気が底上げされている気がした。

しかも、セーネは早々にエルダリオンが探しているものを発見する。

「侯爵様。ここから見える範囲では、あちらにソキィ草があるようですね。八等級ですし、まだ若く種ができていないようです。あれなら明日の朝になってからの駆除でも大丈夫そうな気がしますが、今から駆除されるのであれば私も同行します」

「なんだと？　どこだ？」

「あそこです」

セーネは遠方を指さす。そこには、ソキィ草の目印となる茶色いギザギザの葉っぱがあった。

だが、エルダリオンは眉間に皺《しわ》を寄せながら目を眇めソキィ草を探している。

「んん……？　あそこの茶色い草か？」

「はい、そうです」

「もっと近づかなければ判別はできない。しかし、この周囲の植生を考えるとソキィ草の可能性が高い。君は目がいいのか？」

「はい、かなりいいです」

セーネは頷く。田舎育ちなので遠くのものまではっきり見えるほど視力がいい。だから、遠方に生えている害草もすぐに見つけられた。

ラッチランドの研究所に赴任してきた日、馬車の中からリコデル草を見つけられたのだって、この目のおかげである。

「俺は研究のしすぎで少し目が悪くなってしまった。暗くなると昼間より余計に視力が落ちる。……よし、セーネ。君は残って駆除を手伝ってくれ」

「はい」

もうひとつおまけで害草を駆除できるとあって、セーネは嬉しくなる。

エルダリオンは他の草官に声をかけた。

「彼女は俺の馬で送っていくから、君たちは先に馬車でハゾ草の関連物だけ持ち帰ってくれ。……ああ、今から帰るのでは夜も遅くなるな。彼女の食事はいらないと寮の管理人にも伝えてくれ。彼女の食事は侯爵家で準備する」

「えっ」

「では、行くぞ！」

夕食について勝手に決められたけれど、まずは害草の駆除が先だ。

「俺たちのぶんまで頑張ってくれ」

先輩の草官たちに見送られてソキィ草の場所へと向かう。少し進んだところでエルダリオンが驚きの声を上げた。

「ここまで来れば俺にも見える。あれは間違いなくソキィ草だ。あんなに遠くからでも見分けがつくとは……」

彼は感心したようにセーネを見た。

草官は視力が悪い者が多い。国家試験に受かるため夜遅くまで勉強をしたり、草官になった後も研究に没頭したりして結果的に目を悪くするからだ。

おそらく、エルダリオンも視力がよくはないのだろう。眼鏡をかけずに平気なことからだいたいのものは見えているのだろうが、遠くまではよく見えないようだ。

「遠くからでも害草を判別できるのは羨ましい。そのぶん、危険な害草にいち早く気付けて注意を払えるだろう」

彼はそう言ってソキィ草まで近づいていく。

ソキィ草は危険度が一番低い八等級だ。命の危険はない害草だが、茎を切ったときに出てくる汁が目に入れば失明の可能性がある。

八等級の害草は小さい種類が多く、薬をかけるだけで簡単に処理できる。ソキィ草は茎を切らないかぎり危険はないので、セーネたちは速やかに駆除作業をした。

「まさか、こんなに早く終わるとは。害草を探して駆除するまで、もっと時間がかかると思っていた」

懐中時計を確認しながらエルダリオンが呟く。かろうじて、まだ空は闇に飲まれていない。きょろきょろと周囲を見渡す彼にセーネは声をかけた。

「予想より時間がかからなかったので、もう少し害草を探したいとお考えでしょうか？」

「うっ……。そうだ。せっかくここまで足を運んだのだから、もう少し周囲を見回りたい。しかし馬車を帰らせてしまった以上、これ以上君を引き留めるわけには……」

セーネを送っていく責任があるので葛藤しているのだろう。それでも、エルダリオンの目はあちこちとせわしなく動いている。害草を探しているのだ。

「目がいい私が探すほうが効率的だと思います。私は別に帰るのが遅くなってもかまいませんし、害草の捜索を優先しましょう」

そう言うと彼は目を見開く。

「いいのか？」

「当然です。また明日、日の高いうちにこの周辺を見回る必要はあると思いますが、今のうちに駆除できるものはしておいたほうがいいですし」

ハゾ草のような危険な害草が発見された場所なので、駆除が終わってもしばらくは怖がって誰も近づかないはずだ。

とはいえ、野生の獣はそうはいかない。鳥や獣が別の場所に害草の種を運んでしまう可能性があるので、人が近づかないからといって放置していい理由にはならなかった。

(侯爵様は民のために、少しでも多くの害草を駆除したいんだろうな。それなら私も協力したい)

帰るのが遅くなるくらい別にかまわない。草官である以上、害草がありそうなら対処するのが当然だ。

「ありがとう。では、あと少しだけ探そう」

エルダリオンの即断にセーネは好感を抱く。迷う時間がもったいない。

「はい!」

そして、セーネたちは害草を探し始めた。

セーネのおかげで遠くからでも害草を見つけられる。見つかった害草は低い等級のものばかりで、二人でも容易に駆除ができた。

楽だったせいか、もう少しだけ、あと一種類だけ――が延々と続き、遠目では害草が見つけられないほどの暗さになって、ようやくエルダリオンは捜索をやめた。

「予想以上に多かったな。明日、改めてここに来るとして……遅くまですまない。こんなに長く続けるつもりはなかったのに、あと少しだけと欲が出てしまった」

彼は申し訳なさそうに謝る。

これが賭け事なら「もう一回だけ」の繰り返しは破滅に繋がるだろう。

しかし、害草の駆除という有益かつ立派な目的のためだ。少しでも多くの害草を駆除できたことは喜ばしい。

「いえいえ、大丈夫です。草官として当然の仕事ですし、私も研究材料をたくさん入手できてよかったです」

セーネの鞄には害草の葉や茎、汁を採取した小瓶がたくさん詰まっている。

駆除ついでに害草の組織を採取したのだ。いい実験材料になるだろう。

(もう少ししたら、私も自分の実験を始められるようになる。これだけ試料があれば色々なことができそう)

多少の疲労感はあるもののセーネの心は弾んでいた。

「さあ、帰ろうか」

「はい」

セーネはエルダリオンの馬に一緒に乗る。彼の馬に乗るのはこれで二度目だけれど、このように男性と密着するのは慣れない。

なんとなく気まずくて落ち着かずにいると、彼のほうから話しかけてくれた。

「今はまだ雑用ばかりだろうが、君は今後なにについて研究するつもりだ？」

「害草病の薬について研究したいです」

「そうか、君のご両親は我が侯爵領の薬で治ったんだったな。その影響か？」

「はい」

セーネの両親が罹患した害草病は、運よく薬さえ摂取できれば完治するものだった。だが、まだ薬が開発されていない害草病がたくさんある。

害草を根絶やしにするのは不可能だ。それに、利益をもたらしてくれる存在でもある。うまく共存するためには対策が必須で、害草病の特効薬はその最たるものだ。

害草研究の最先端であるラッチランド研究所で薬の開発に従事すること――それがセーネの目標である。

「そういえば、ハゾ草についての論文が最近上がってきたのだが……」

エルダリオンは研究所から上がってくる報告書や論文のすべてに目を通しているようだ。自ら研究しているだけでなく害草駆除にも行ってしまうし、どこにそれだけの時間があるというのか？

(領地経営の実務は優秀な執事と親戚に任せてるって噂を聞いたことがある。一般的な侯爵としての仕事はしてないんだろうけど、それでも領地の害草関係の仕事は全部まとめているみたいだし、大変だよね)

そんなことを考えつつも、彼と害草について喧々諤々と議論する。

害草以外の話題は一切出てこなかった。一時間みっちりと話しているうちに研究所が見えてくる。

「あの、ここまでで大丈夫です。私は寮に戻ります」

エルダリオンは侯爵邸で夕食を出すと言っていたけれど、貴族の屋敷で食事をするなどとんでもない。断ったが彼は馬を止めなかった。

「遠慮するな。それに、食事はどうするつもりだ？」

寮の夕食の時間は決まっており、事前に管理人に連絡しておけば取っておいてもらえるのであとで食べられた。

今日はセーネの食事はいらないと伝えるようエルダリオンが勝手に話を進めてしまったが、管理人の負担を減らすためだというのはわかっている。当然、セーネも管理人に迷惑をかけたくない。

だから夕飯を我慢する――というわけではなく、食料ならあった。

「保存食が部屋にありますので、それを食べます」

寮で過ごすこと二週間、まだ独特の匂いに慣れずにいた。朝食は簡素なものが多いのでまだ我慢できるけれど、夕食は男性が好きそうなこってりとした品になりがちで香りも強い。寮の匂いと合わせて、食欲が失せてしまうのである。

それでも、食事を抜くのは駄目だ。害草という危険な植物と対峙しているのだから、体調管理には気を遣うべきである。

　よってセーネは前回の休日に街に行き、保存食を購入して部屋に置いていた。軍人用のもので匂いもほとんどなく栄養価がとにかく高い。

　食事というにはそっけないけれど、栄養の面では問題なかった。セーネはそれを食べるつもりである。

「保存食だと？　あれだけ働いたというのに本当にそんなものを食べるつもりか？　ハゾ草以降の駆除は俺の我が儘《わまま》で付き合わせたのだから、お礼としてご馳走させてくれ」

「いえいえ。害草駆除は草官として当然の義務ですので」

　セーネは断るものの、馬が止まらなければ下りられない。エルダリオンは研究所の前を通り過ぎてしまい、結局侯爵邸まで連れていかれた。

　主人の帰りに気付いた使用人たちがぞろぞろと屋敷の外で出迎える。

　彼の顔を立てるためにもこのまま帰るわけにはいかないので、気は進まないけれど素直に甘えることにした。

「遅い時間まで彼女を害草駆除に付き合わせてしまった。休む部屋と着替えを用意してやってくれ。食事の準備もだ」

　エルダリオンは使用人に説明がてら命令をする。

「では、こちらへどうぞ」

メイドに案内されてセーネは客室に連れていかれた。すぐに着替え一式が用意される。侯爵邸には食料はもちろんのこと、いざというときのための衣類も備えてあるらしい。

害草は未知の要素が多く、いつ生物災害が起こるかもわからない。遭遇次第、すぐに衣類一式を焼却処分しなければいけない種類の害草もある。研究所から近い侯爵邸だからこそ害草に対する備えを万全にしてあるのだ。

セーネに用意された衣類は新品だ。上からすっぽりと被るワンピースで、腰紐で縛るだけの簡素な作りである。ボタンや飾りはない。成人女性なら体型に関係なく着られるだろう。

(同じ型紙から大量生産したのかな？　これなら作りやすそうだし、とっても合理的)

感心しながら、まずは客室に続いているバスルームへと向かう。

害草駆除をしたら真っ先に湯浴みして身体を清めるのが常識だ。どんなに気をつけていても、害草の組織が身体のどこかについているかもしれない。頭から爪先まで、しっかり洗うべきである。

ちなみにラッチランド全域で温泉が湧いており、豊富にお湯を使えた。実は害草が発生しやすいのも地熱の影響ではないかといわれている。

セーネは身を清めた。さっぱりとして心地よい。温泉の効果か、ラッチランドに来てから肌がすべすべになった気がする。

新品の下着とワンピースに着替えると扉をノックされた。メイドが迎えに来たようだ。セーネはメイドと一緒に食堂へと向かう。

そこにはすでにエルダリオンがいた。お風呂上がりのせいか髪が濡れていて、いつもと雰囲気が違う。

テーブルの上にはカトラリーだけしか用意されていなかった。セーネが来るまで食べるのを待っていてくれたらしい。

「お待たせしてしまい申し訳ございません」

「いや、俺もつい先ほど来たばかりだ。女性のほうが入浴に時間がかかるだろうに、急がせてしまったようで悪かった」

侯爵だというのに平民のセーネにまで気を遣ってくれるから、かえって恐縮してしまう。

エルダリオンが片手を上げると食事が運ばれてきた。さすが貴族の食事とあって見るからに豪華だ。

いい匂いが鼻に届いて、それだけで美味《おい》しそうである。寮の食堂では匂いを楽しむ余裕もないので、久々に食欲をそそられる香りを堪能できて感動してしまった。

祈りを捧げてから食事が始まる。

前菜のサラダから普段口にするものとは段違いで、人参をすりつぶしたドレッシングが特に美味しい。オリーブオイルをかけただけのサラダと違い、手間がかかっている。スープもほっとする温かさで、疲れた身体に染みた。メインとなる肉料理は濃い味付けだけれど、今のセーネにはちょうどいい。力が湧いてくるような味だ。

嬉しそうに食べるセーネを見て、エルダリオンは微笑んだ。

「うちの料理人の腕は確かだが、君の口に合ったようで嬉しい」

「ありがとうございます。とても美味しいです！」

あの寮では食べる楽しさがなかった。朝は食堂まで行かずに自室でパンを食べることも多いし、夜は一刻も早く部屋に戻ろうと味わう前に飲みこんでしまう。

「食事って、こんなに素敵な行為だったんですね」

感動のあまりぽつりともらすと、彼の顔色が変わった。

「もしや、寮の食事に問題でもあるのか？　今までそのような報告は上がっていないが、この地方の料理が口に合わないのか？　遠慮せずに言ってくれ」

「いえ、そんなことはないです！　料理は美味《おい》しいはずです」

「美味しいはず？　ずいぶんと曖昧《あいまい》な表現だな。研究所は父上が設立したものだから、その寮は当然侯爵家の管轄だ。寮の食事について詳しく説明してくれ」

エルダリオンの声が厳しいものに変わる。命令されてしまえば従うしかない。変に誤魔化せば、なにも悪くない管理人や寮に住む男性草官たちが怪しまれてしまう。

これは自分の問題なのだとセーネは告げることにした。

「実は……私には寮の匂いがきつく感じるのです」

「寮の匂いだと？　寮は毎月監査をしているが、部屋を散らかす草官はいるものの汚くしすぎる者はいないはずだ。匂いについても特に報告はないが……」

研究に没頭するあまり、害草を自室に持ちこんで研究する草官も中にはいる。

当然、寮に害草を持ちこむのは禁止されているので、頻繁に監査という名の立ち入り調査が行われていた。

毎月寮内を抜き打ちで見られるのだから、当然建物の中は綺麗に保たれている。

「男性にはわからないと思います。管理人さんも慣れてしまったのかと。……私の弟の部屋もそうでしたが、人間の男性特有の匂いがあると思うのです。一人一人はそんなこともなく、研究所内ではなにも感じないのですが、寮の中ではその匂いがつらくて……」

「男の匂い……。寮内は清掃が行き届いているし、匂うとすればそうなるのか」

エルダリオンは静かに頷く。

「自分の部屋に入ると大丈夫なのですが、廊下とか共用部分の匂いがきつくて、むわっとするんです。特に食堂だと食事の匂いと混じって苦痛に感じていました。でも、男性の皆さんは身綺麗にしていますし、私が神経質すぎるだけなんです。誰も悪くないんです」

「そうだな、生物特有の匂いというのであれば仕方がない。管理の都合で女性の草官が少ないから寮をひとつにまとめてしまったが、本来なら男性寮と女性寮で分けるべきだったんだろう。むしろ、侯爵家の責任だ」
「いえ、そんな。寮に住まわせてもらうだけでもありがたいですし、耐えられそうにな
かったら街に住むつもりです」
　彼を困らせたいわけではない。セーネは寮を出ていくのもやぶさかではないと伝える。
それでも、エルダリオンは納得しなかった。
「しかし、それでは不公平だろう。女性である君を研究所に迎える決裁を下したのは俺だ。
研究所から近い寮に住むのと、馬車で三十分はかかる街に住むのとでは研究に費やせる時
間が変わってくるぞ。往復一時間として、一ヶ月で何時間を移動に費やすと思う？　あれ
ほどの論文を仕上げる優秀な草官の時間を奪うのは大変な損失だ」
　エルダリオンの言葉に、セーネの胸が熱くなる。
（私のことをそこまで認めてくれるなんて、嬉しい……！）
　とても名誉なことだ。感動していると彼が話を続ける。
「しかし、寮で君に我慢させるのはいけない。住む環境が悪ければ能力も落ちてしまうだ
ろう。特に、食事を楽しめないのは問題だ。食事は生きる上で重要な楽しみのひとつだし、
健全な身体を支える行為でもある。かくなる上は……」
　まさか、セーネのために女性寮を作ってしまうのではないか？　そう考えてしまい、
とっさに先手を打つ。

「お気遣いいただき誠にありがとうございます。しかし、女性が少ないのにわざわざ女性寮を作るのは建設的ではありません。街への移動時間だって、馬車の中で論文を読めば有効活用できますし」

「確かに優秀な女性草官の数が多ければ寮を作るべきだが、今現在寮にいる女性は君だけだ。一人のために女性寮を作るくらいなら、それで害草用の施設を新設したい」

とりあえず、エルダリオンが女性寮を作るつもりがないようでほっとする。

それでも、次に続いた言葉にセーネは思わず声を上げてしまった。

「だから、君は今日から侯爵邸に住めばいい。ここから研究所は近いし、それですべてが解決する」

「ええっ？」

その解決策は予想もしていなかった。当然、頷けるわけがない。

「いえ、それはさすがに……」

セーネは遠慮するけれど、エルダリオンは名案だとばかりに述べる。

「この屋敷には住みこみのメイドも大勢いる。それに先ほど君に用意した客室だが、一般的な貴族の屋敷に必要な部屋だけれど使う機会がない。なにせ、大多数の貴族は害草を恐れて侯爵領には来ないし、害草関係の商談とて研究所のすぐ側にあるこの屋敷には足を踏み入れたくないようだ」

「あ……」

よりよい暮らしを求める平民ならともかく、生活に困っていない貴族が害草の多いラッチランドに来ることはないだろう。金も地位もあるのだから、わざわざ危険な場所に行く必要がない。

貴族として当然屋敷に客室を用意しているのだろうが、使う機会がないのは納得できる。

「これ以上の解決策はないだろう？　ラッチランド侯爵家には客室などあっても無駄だ。君が有効活用してくれ」

「そ、それは……」

セーネは迷ってしまう。

平民のセーネにしてみれば、異性の家に身を寄せるなんて結婚でしかありえない。とはいえ、侯爵邸には住みこみのメイドがいる。セーネ一人が増えたところで特別な意味を持たないだろう。

「迷うことはない。今後も優秀な女性草官を採用することになれば当然ここに呼ぶ。君が率先してここに住むと決めれば、あとに続く女性も遠慮なく侯爵邸を使うだろう。多少人が増えたところでなんの問題もない」

「……！」

――あとに続く女性の草官。

今はめぼしい女性がいないようだけれど、セーネのように研究をしたいとここを目指す者が出てくる可能性がある。

当然、女性には寮の匂いがつらいだろう。侯爵邸に身を寄せるなど恐れ多いけれど、あとの女性のことを考えればセーネの取るべき行動は決まっている。

「侯爵様のお慈悲に感謝します。それでは、お世話になってもいいでしょうか？」

「もちろんだ！　恩義を感じるのなら、それは研究成果で返してくれ」

セーネが気後れしないよう、きちんと対価を要求してくるのもエルダリオンの心遣いだろう。セーネは「はい！」と元気よく応える。

――こうして、セーネは侯爵邸に身を寄せることになった。

第二章

（特別扱いされてるって、妬《ねた》まれたらどうしよう）

侯爵邸に住むことになったセーネは、そんな不安を胸に抱いていた。

王都では害草の研究よりも、出世することを重視している草官が多い。上の立場の者に声をかけられただけで嫌がらせされることもあった。そんなつまらない嫉妬《しっと》は、研究に没頭したいセーネにとっては疎《うと》ましいだけである。

下っ端の草官が貴族の屋敷に住まわせてもらうなど、王都では考えられない待遇だ。匂いが苦手な寮を出られるのは素直に嬉しい。しかし、それにより仕事における人間関係や環境が悪化したら……と心配していたが、それは杞憂《きゆう》に終わった。

誰もそんなことを気にしなかったのである。否、気にしないというより無関心だ。ラッチランドの研究所に勤める草官たちは害草以外のことなど、どうでもいいらしい。

エルダリオンが「女性草官の希望者は寮の代わりに侯爵邸に住むことを許可する」と、すでに寮を出ている先輩の女性草官たちの待遇も平等にするよう通達をしてくれたことも大きいだろう。自分の家庭を持っている女性草官たちの中で希望する者はいなかったが、セーネが特別扱いされているという認識をされずにすんだ。

それどころか先輩の女性草官たちは寮の独特の匂いに覚えがあるようで、「出られてよかったわね」と声をかけてくれ、今まで以上に交流が増えた。

侯爵邸にはメイドを初めとする女性の使用人たちが住みこみで働いているおかげで、女性草官が一人増えたからといって変な噂を立てられることもない。

セーネは無事に快適な環境を手に入れられたことを感謝している。

――ただ、食事だけが困る。

害草のことばかり考えているエルダリオンは、食事のときもそれについて話したいらしい。彼の高度な話題についていける使用人はおらず、草官であるセーネとなら害草について有意義な会話ができるという理由で、できるかぎり食事を共にするように命じられた。セーネは使用人たちと一緒に食事をしたいと申し出たが、却下されてしまったのだ。

エルダリオンは三十一歳の男盛り。もう結婚して跡継ぎを作るべき年齢でもある。

そんな彼が若い女性を気に入ったのだから、これは春が訪れたか――と最初は使用人たちも喜んだものの、食事の光景を見てエルダリオンに一切の下心がないと悟ったらしい。

古株のメイドに「あんたがご主人様のいい人になってくれればと思ったんだけどねぇ」と残念そうに溜め息をつかれてしまった。

セーネから見ても、エルダリオンは害草のことしか考えていないように思える。

さすが草侯爵と呼ばれるだけある。ともあれ、セーネは充実した日々を過ごしていた。

――そんな、ある休日のこと。

セーネが部屋で害草の本を読んでいると扉をノックされた。本に栞を挟んでから出ればメイドが立っている。

「ご主人様が、セーネさんを急いで呼んでくるようにと。ご主人様は中庭にいらっしゃいます」

「急いで……ってことは、害草駆除かな？　ありがとうございます。準備してからすぐに行きます」

休みということもあり楽な服装をしていたセーネは、害草駆除に備えてすばやく草官の制服に着替える。

駆除道具一式を持って中庭に行くと、案の定、馬に駆除用具を積んでいるエルダリオンの姿が見えた。

「お待たせしました」

声をかけると、害草駆除の装いをしてやってきたセーネを見てエルダリオンは嬉しそうに目を瞠る。

「ああ、やはり君は話が早い！　急いで君を呼んでくるようにとしか言わなかったが、それで伝わったのか」

手を動かしたまま彼は言った。

「はい。侯爵様が急ぐというからには、これしかないかと」

「休みのところ悪いが、駆除に付き合ってくれないか？　クク草の発見報告が届いた」

「クク草ですか！」

セーネは声を上げる。

クク草は発見されることが少なく、非常に珍しい害草のため研究が進んでいない。

タケノコによく似た形をしており、茎の部分に切りこみを入れると特殊な粘液を分泌する。その粘液は害草を固定する効果があり、標本を作る格好の材料となった。標本作成に使える液体は他にも何種類かあるが、その中でもクク草の粘液は無色透明かつ無臭で防腐効果が高い。

クク草の場合、可能であれば駆除するだけでなく粘液も採取する。

現段階の研究成果では二等級のハゾ草のような危険性はほぼないと推測されているが、対応を誤れば死亡する可能性がある害草だ。

その理由はクク草の地下茎にある。うっかり掘り起こして地下茎に日光があたってしまった瞬間、毒素を分泌するのだ。クク草の放った毒素を吸ってしまうと心停止し、高確率で死に至る。過去に、畑に極小のクク草が生えていることに気付かず耕した農夫が死亡してしまう事故があった。

よって、七等級に分類されている。

掘り起こす前にタケノコのような部分に薬液をかければ対処可能だが、まだ研究が進んでいない害草のため、他にも危険性を秘めている可能性がある。

そんなクク草の駆除に参加できるなど、セーネにとって朗報だった。ラッチランドの研究所に勤める草官なら、休日であろうとも厭《いと》うことなく喜んで駆除に参加するだろう。

セーネが声をかけられたのは侯爵邸にいるからなので、かなり運がいい。

「俺もクク草の駆除は三回しか経験がない。ちょうど俺の手が空いているときに報告があってよかった」

エルダリオンの声は弾んでいた。

人間にとって脅威のある害草でも、研究者にしてみればお宝だ。それはセーネも同じで、早くクク草を見たくてたまらない。

「よし、行くぞ」

準備を終えた彼はセーネに手を差し出してきた。エルダリオンの馬に乗せるつもりなのだろう。

「侯爵様、私は自分で馬に乗れます」

草官は乗馬訓練をしている。もちろんセーネも、だ。侯爵邸では緊急時に備えて草官や騎士が乗れるよう馬を複数飼育しているのだから、わざわざエルダリオンと一緒に乗る必要はない。

「わかっているが、今からもう一頭用意する時間が惜しい。それに、少し飛ばすつもりだ。一緒に乗ってくれ！　ほら、早く」

「は、はい」

急かされて、セーネは彼と一緒に騎乗することになってしまった。

「ここから近い。すぐに着くぞ」

クク草が発見されたのは小さな山の麓で、キノコを狩ろうとした農夫が見つけたらしい。いつもならキノコしか生えていない場所に、タケノコらしきものが生えていることに違和感を覚え、害草ではないかと報告してくれたのだという。

今回は報告があったからよかったが、タケノコと間違えて取ってしまう民がいる可能性もある。被害が出ないよう、エルダリオンは一刻も早くクク草のもとに行きたいようで、宣言したとおり速度を出して馬を走らせた。とはいえ、一緒に乗せているセーネに負担がかかる無謀な速度にならないよう気遣いをしてくれている。

十五分ほどで山の麓に着いた。すぐさま馬を下りたエルダリオンとセーネが道具を持って報告のあった場所へと向かうと、人が踏みならした道の側にクク草はあった。セーネは思わず彼と顔を見合わせる。

「とりあえず俺から近づこう。クク草は能動的に攻撃してくる種類ではない。とはいえ、なにがあるかわからないから、俺の後ろから少し離れてついてくるように」

「はい」

エルダリオンが先行するのはハゾ草のように危険な種を飛ばしてきた場合、セーネの盾となるつもりなのだろう。まだ出会って短いけれど、彼がいかに頑固な男性なのかわかっている。本来なら、盾の役目を担うのはセーネであるべきだが、エルダリオンにそう申し出ても断られたあげく言い包められるだけだ。

ここでごねて時間を無駄にして、害草の駆除を遅らせては意味がない。セーネは大人しく彼の指示に従った。

慎重に、ゆっくりとクク草に近づく。セーネの膝くらいの高さだ。やはり動く気配はない。薬液をかければすぐに駆除できるけれど、クク草の場合それはもったいない。

エルダリオンが小型の鉄の筒をクク草に刺す。しばらく待つとストローのような鉄筒の先端から粘液が流れてきた。それを空の瓶に入れる。標本作りの材料にするため、駆除する前にできるかぎり多くの粘液を採取したい。

二人はカラカラになるまで搾り取ろうと意気込む。

「このクク草は大きいな。今までに俺が見た中では一番だ」

「すごいですね、もう三本目ですよ」

「ああ。これで質のいい標本がたくさん作れそうだ」

クク草の粘液を瓶に詰めていき、四本目の途中で分泌されなくなった。これで打ち止めのようだ。

「では、薬液をかけるか」

セーネは採取した粘液の瓶を鞄にしまい、エルダリオンが駆除用の薬液瓶を取り出す。薬液瓶の蓋を回そうとしたところで、ぺりっと乾いた音がした。

「え?」

タケノコのように何重もの皮で覆われているクク草の外皮がひとりでにめくれた。今まで聞いたことのない現象だ。外皮が次々とめくれていく。まるでクク草が意志を持ち、自発的に皮を脱いでいるように見えた。

「これは……」

その光景に好奇心を刺激され、セーネは魅入ってしまう。

一方で、エルダリオンは即座に危険と判断した。

「下がれ!」

彼はセーネの手を引いてクク草から離れようとする。

まだ深く研究されていない害草だからこそ、予想外の動きをした際には注意する必要があった。観察している場合ではない。

「は、はい」

彼の焦《あせ》ったような声色に危機的状況だと気付いたセーネは慌てて腰を上げた。

しかし、その瞬間にクク草が破裂する。とっさに手で顔を覆うと、さらりとした黒い液体がセーネの胸元をびっしょりと濡らした。

破裂とともに放たれた黒い液体は、先ほど採取した粘液とは性質が異なるように思える。

さらに、服から細長い煙が立ち上がった。

「それに触るな！」

エルダリオンはセーネを抱え上げると、クク草から急いで離れる。

万が一、クク草の地下茎から毒素が放たれても安全とされる距離まで移動してからセーネを下ろすと、鞄から水の入った瓶を取り出した。

害草駆除作業中に人体に害のある組織が肌に付着してしまうこともある。すぐに流せるよう、草官は駆除の際には必ず水を持ち歩いていた。

エルダリオンがセーネの胸元に水をかける。

「痛みはないか？　大丈夫か？」

「はい。今のところは大丈夫ですが……、あっ」

水をかけられた服の胸元が溶けていく。

「なるほど、先ほどの黒い液体は繊維を溶かす効果があるのか。三等級の害草がよく放つ黒い液体も同等の効果があったな」

露《あら》わになっていく胸元を眺めながら、彼が呟いた。

害草の中には人間に寄生したり、人体を苗床にしたりする種類もある。その際に人間の服が邪魔になるので、繊維を溶かす液体を放つのだ。ちなみに、その液体の色は決まって黒だ。繊維を溶かす害草成分の色素が黒であり、他の色では見つかっていない。

液体がかかった部分が溶けてセーネの胸が露わになる。下着まで染みていたようだ。丸みを帯びた乳房が白昼の下に晒される。

「……っ」

羞恥《しゅうち》を覚えてとっさに胸元を隠そうとするけれど、それより先に彼の手がセーネの胸元に触れた。指先が柔らかな肌をなぞる。

「今まで確認されている黒い液体は、服の繊維を溶かすだけで人体には害がない。だが、クク草から黒い液体が放たれる現象は聞いたことがない。地下茎が持つ毒素を考えれば、これも安全とは言い切れないが……ふむ。肌は損傷していないようだ」

エルダリオンは至極真面目な顔でセーネの胸を確かめていた。

害草の場合、毒性の強い液体が肌に触れると高確率で肌が火傷したようにただれる。

あとは斑点《はんてん》ができたり、皮が剝けたりするけれど、セーネの胸にはその現象が見られなかった。

（恥ずかしい……！）

異性の前で胸を露出している事態に、セーネの顔が真っ赤になる。

それでも、異常がないかエルダリオンが真剣に確認しているのはわかった。

黒い液体についてある程度の推測はできるものの、クク草の詳細は不明だ。羞恥心はあれど、恐怖もあるので自分より深い知識を持つ彼に見てもらったほうがいい。

セーネは奥歯を噛みしめながら羞恥に耐えた。

「この繊維の溶け具合……すでに確認されている他種の黒い液体と同等と思われる」

エルダリオンはセーネを触診しながらぶつぶつ呟く。すると、長い指先が胸の先端に触れた。痺《しび》れたような感覚がして、思わず声を漏らしてしまう。

「んっ！」

「ここがどうかしたのか？　そういえば、乳首とはこんなに腫《は》れているものだったか？」

エルダリオンの指先が胸の先端を押し潰してくる。そこは触れられると硬くなり、存在を主張し始めた。

「どうしたことだ！　俺の乳首はこんなに大きくならないぞ。まさか、黒い液体のせいで腫れたのか？」

乳嘴《にゅうし》を強く摘まれて、さらに硬くしこる。セーネはたまらず身をよじらせた。

「やぁ……っ、やめてください」

そもそも、赤子に授乳をする機能がある女性の乳首と男性の乳首とでは大きさが違う。触れられたら硬くなるのは生理的反応だ。エルダリオンのものと比べて異なるのはただの性差である。

それなのに、彼はおかしいといわんばかりに乳首を凝視していた。

そこに下心は微塵もない。セーネの身体に異常がないか真面目に触診しているだけだとわかるけれど、ずっと摘まれている乳首はじんじんと熱く疼いてしまう。

「んぁ！　やめ……っ。んんぅ」

たまらず涙声で懇願する。エルダリオンははっと顔を上げ、セーネの表情を覗きこんできた。

「顔が赤い。発熱したのか？」

「違います、恥ずかしいだけです！　それに、女性の乳首はこんなものです。寒いときもこんな感じの反応になります」

穴があったら入りたいほど恥ずかしい。逃げたくなりながらも、セーネは必死になって説明した。

「これが普通……？」

エルダリオンは自分の指先を確認する。一瞬の沈黙の後、彼は上着を脱いでセーネの身体にかけた。

「そ、そういうものなのか？　すまない！　不埒《ふらち》な真似をしようと思ったわけではない！　ただ、本当に、異常がないかを調べようとしたわけで下心があったわけではないんだ」

彼は顔を横に背けながら必死で弁明する。セーネに負けず劣らず顔が赤くなっていた。

「女性の身体の知識はあるが実際に触れたことがなかったから、女性の乳首について詳しいことは知らず、てっきり異常があったのかと……！」

「大丈夫です、わかってます。侯爵様が私のために調べてくださったことは伝わっていますから」

「だが、結果的に辱《はずか》しめてしまい申し訳ない」

深々と頭を下げるエルダリオンを見てセーネは申し訳なく思った。

「いいえ、クク草が予想外の動きをしたとき、すぐに避難行動を取らなかった私の責任です。あのとき、私は初めて見る光景を観察してしまいました。侯爵様に声をかけられて、初めて危険だと思い出したのです」

害草がいかに危険であるか、草官であるセーネはよくわかっている。知識にない現象が生じた際に取るべき行動は避難一択なのに、それができなかった。発端は未熟な自分である。

「ともあれ、一度帰って全身を清めたほうがいいだろう。君を屋敷に送った後、俺がまた調査するつもりだ」

「えっ、私抜きで調査するのですか？」

セーネは思わず身を乗り出した。

「そのつもりだが……、あんなことがあったのに、また俺とここに来ても平気なのか？」

そう答えたエルダリオンの頬は、まだ微かに赤い。

「破裂後にどういう状態になっているのか気になります。私も調べたいです！　身体を清めたり、着替えたりで時間がかかってしまいますが、どうか私も同行させてください！」

強い意志を持ってセーネは言い切った。

胸を見られたうえに触られた恥ずかしさと気まずさはある。

それでも、珍しいクク草から起きた前例のない現象に、研究者としてのセーネの導火線に火がついた。

知識欲が煽《あお》られて、自分の目で顛末《てんまつ》を確かめたいという気持ちが強くなる。

「君がやる気なら、準備ができるまで待つのはかまわない。……わかった、同行を認めよう。君が見たものと、俺の見たものと、なにがあったのか摺り合わせながら現場を確認したほうが正確なレポートを書けるはずだ」

エルダリオンが頷くと、セーネはぱっと顔を輝かせた。

「ありがとうございます！」

「……！」

その瞬間、赤みが消えかけていた彼の顔が再び染まった。

（あっ……。そうだよね、侯爵様だって恥ずかしいよね）

セーネは納得する。

先ほど、エルダリオンは「女性の身体の知識はあるが触れたことがなかった」と口にした。草侯爵と呼ばれるほど害草のことばかり考えていた彼は、今まで一度も女性と噂になったことがないらしい。

察するに、女性経験がないのだろう。

（侯爵様の個人的な事情を知ってしまった……）

特別な女性がいなくても、お金を持っている男性ならば娼館に通った経験くらいあるだろうと勝手に思っていた。しかしエルダリオンは違うらしい。

「と、とりあえず旗を立てましょう！」

気まずい雰囲気を打ち消すようにセーネは声を張り上げた。

害草駆除中に問題が発生して一度撤退する場合には、その周辺に近寄らないように警告の旗を立てる。ラッチランド侯爵領の民ならば、子供でも旗の意味を知っていた。

二人は警告旗を立ててから、馬に乗り侯爵邸へと戻る。

(ん……?)

鞍の位置が悪いのか、なにか所持していた器具があたっているのか、セーネのお尻になにか硬いものがあたる感触がした。行きもエルダリオンと密着していたけれど、そのときはなにも感じなかったのに、これはいったいなんだろうか?

(侯爵様の上着が大きいから、布がお尻の辺りで折れちゃってるのかな?)

なにか異常があれば彼が気付くはずだ。なにも言わないということは、たいしたことではないのだろう。

それに、侯爵邸まですぐだ。痛いわけではないし、気になるけれど我慢できる。

「……っ」

後ろではエルダリオンが何度も深呼吸をしていた。セーネは無邪気に声をかける。

「興奮しているんですか?」

「なッ?」

彼の声が裏返る。図星だったらしい。

「クク草の習性に関する新しい発見ですものね! 我々が調べたことが害草辞典に載り、後世に伝わるかと思うと興奮します! 破裂した後のクク草がどうなっているのか知りたいです!」

セーネはわくわくと話した。

「あ……ああ、そうだ。今までに報告されていない事柄だからな。新たな発見となるだろう」

エルダリオンが静かに答える。騎乗中は危ないので後ろを振り向けないため、彼がどんな表情をしているのか見えない。

侯爵邸に着く頃には、お尻にあたっていたなにかが一回り大きくなっていた気がするけれど、セーネの頭の中はそんなことよりクク草のことでいっぱいだ。馬を下りたセーネはすぐに準備をしようと、彼の上着を着たまま自分の部屋へと急いだ。

◆　◆　◆　◆

エルダリオンとのクク草駆除から一週間、セーネは報告書を作成していた。

結局セーネの身体に異常はなく、黒い液体は他の害草が放つものと同じく服の繊維を溶かすだけで人体に無害だと思われる。あのとき、急に破裂したのは粘液を極限まで採取したからだと推測した。

偶然とはいえ、研究所に来てまだ日も浅いのにクク草に関する新たな発見をした。セーネはますますやる気になる。

そんな折、王都からセーネに書類が届いた。

「特別休暇取得の勧告って……あっ！　そういえば、まだ取得してなかった」

書類を眺めてセーネは眉間に皺を寄せる。

文官・武官・草官のような国の役人は五年に一度、特別休暇を十日間取得することが法で決められている。取得しなければ「休みも取れない劣悪な職場にいる」として、上司の査定が悪くなってしまうのだ。

王都にいた頃から「今年は取得する年なので、必ず申請するように」と注意されていたものの、ラッチランド研究所への異動を認めてもらうことに心血を注いでいたので、休む暇などなかった。

異動も叶ったわけだし、そろそろ休んでくれないと査定が下がってしまうと業を煮やして勧告書を送ってきたのだろう。

正直なところ、仕事というか研究大好きなセーネは休みなど不要だ。ようやく自分の実験ができるようになったのに十日も休んでなんかいられない。

(十日は長いなぁ……)

書類とにらめっこしていると、女性の先輩草官に声をかけられた。

「どうしたの？」

「先輩！　実は特別休暇の年なのですが、王都にいた頃に取っていなくて……。どうしたものかと」

「あー、特別休暇ね。私も今は嬉しいけど、若くてとにかく研究したかった頃はいらないって思ってたから気持ちはわかるわ」

先輩はうんうんと頷く。彼女のように家庭がある人にとっては、大手を振ってまとまった休みが取れるのは喜ばしいことである。この特別休暇制度は必要なものだとセーネもわかっていた。

それでも、セーネは休みを取ってまでしたいことも、やりたいこともないのである。

「休んだことにして研究したいっていうのが本音なのですが……」

「そうよね。でも、特別休暇を取ったように見せかけて部下を働かせた馬鹿がいたせいで、職場には絶対に来ないように徹底されるのよね。今は休んだ証拠を提出しろって話にもなってるでしょう?」

「はい、ここに『可能なかぎり、休暇中に訪れた先の領収書を提出すること』って書いてあります」

仕事熱心なあまり、自分だけでなく部下にも休暇を取らずに仕事をするよう強要した文官が過去にいた。それが大問題になったのだ。

結局、休んだ証拠を提出しなければならないことになっている。これを無視すればセーネではなく上司の査定が下がってしまうので、それは望んでいなかった。

しかし、この休んだ証拠というのが難しい。たとえば十日間、なにもせずに家でごろごろしているなら証拠というものは存在しない。その場合は日記を提出しなければならず、人によっては仕事よりも面倒な作業が発生してしまう。

だから、わかりやすい証拠を作るために特別休暇は旅行を推奨されていた。

「旅行に行くのが一番なんですけどね。別に休みたくもない人たちはいったいどこに行ってるんでしょう。私は今回が初めての特別休暇になるので、どうしたらいいか……」

初めての特別休暇が嬉しいとは思わない。むしろ困ってしまう。

「脳みそまで筋肉でできてるような騎士たちは、武者修行の旅に出るって耳にしたことがあるわよ。仕事好きな文官はわざわざ地方に行って、観光ついでにその土地の治水や治安を確かめるみたい」

「なるほど。休暇に興味がない武官や文官の皆さんは、休みながら仕事に繋がることをしてるのですね。……となると、私は珍しい害草探しの旅かなぁ」

「植生の違う土地に行くっていうのも手よね。北の寒い地域では、ここととはぜんぜん違うわよ」

先輩の言葉にセーネは頷く。

確かに暖かいラッチランドに生える害草と、寒い土地の害草ではかなり違いがある。それでもセーネは難色を示した。

「でも、北ってあまり害草が生えないんですよね。害草目当てに行ったところで、十日の間に珍しい種に出会えるかどうか……」

そもそも寒い土地には害草があまり生えないのだ。少しはあるものの、ここラッチランドでもよく見かける害草である。

寒い土地でしか育たない希少な害草など、年に一度発見報告が入るか否かだ。わざわざ赴いたところで、知っている害草にしか出会えなさそうである。

「まあ、ラッチランドを旅行したほうが希少な害草には出会えそうよね」

「そうです。先日もクク草に出会えましたし」

「そうよね……。じゃあ、ラッチランドを旅行したらいいじゃない。ここには温泉がたくさんあるから、田舎にも観光客向けの宿があるのよ。最近はお一人様向けの宿もいっぱいあるって」

「えっ、そうなんですか」

セーネは目を瞠る。

侯爵領内の至る場所に温泉が湧いている。領内には富裕層がいっぱいいるし、そういう人たちに向けた温泉宿も多いと聞いたことがあった。

「温泉めぐりでもしながら害草探しのフィールドワークでもしたら？　草官は休暇中でも害草発見時は即座に対応すべしって規則があるし」

特別休暇中は基本的に仕事をしてはいけないけれど、害草発見時だけは別である。害草は人々の生活や命を脅かす危険があるので、休みだからと見逃してはならない。すぐに駆除すべきである。

「そうですね。珍しい害草を見つけられれば私は嬉しいですし、駆除ができれば皆さんの役に立てますよね。害草を発見してもすぐに報告できないような田舎に行くのもよさそうです。十日も害草と出会わないなんて、ラッチランドでは絶対にないでしょうし」

セーネは表情を輝かせる。

不要だと思っていた特別休暇だけれど有効的に活用できそうだ。なんだか休暇が楽しみに思えてくる。

「あとでおすすめの宿を教えてあげるわ。いっぱいあるのよ」

「ありがとうございます！」

頼りになる先輩にお礼を伝えると、名前を呼ぶ声が聞こえてきた。

「セーネ！　ここにいたのか」

凛《りん》と響くその声は侯爵領で一番偉い人物——エルダリオンのものだ。

「お疲れ様です」

セーネたちは礼をとる。そうしながらも、エルダリオンがなにを言うのか薄々予想がついてしまった。

「手が空いているようなら害草駆除に付き合ってくれないか？」

思った通りの言葉にセーネは即答する。

「拝承です」

「では、十分後に正門前に集合だ」

そう言い残してエルダリオンは颯爽と立ち去った。セーネは書類をしまい、すぐに準備にとりかかる。

「今日も呼び出されたわね。すっかりお気に入りね」

「私の目がよくて遠くまで見えるから重宝されているんだと思います。それに侯爵邸のお世話になっているので、寮の夕食の時間を気にせずぎりぎりまで害草駆除にあたれるのがいいのかと」

セーネは苦笑する。

エルダリオンにとってセーネは便利な部下なのだろう。報告があった害草の駆除が終わって他の草官たちが疲れていても、若くて体力のあるセーネは元気である。ついでに周囲の害草を駆除する助手としてちょうどいい。

（クク草の駆除で恥ずかしい姿を見せちゃったけど、侯爵様の態度は変わらない。変に距離を取られるより、今までみたいに駆除に呼んでもらえるのは嬉しいな）

そんなことを考えながら集合場所に急ぐ。

胸を見られるどころか、乳首を摘まれたのはとても恥ずかしい思い出だ。しかも、変な声が出てしまった気がする。

エルダリオンに悪気はなかったわけだし、彼も気まずいだろう。

それでも、あのときちんと謝罪をした後は無闇に蒸し返さず、駆除の面子に入れてくれるのはセーネにとってはありがたいことだった。

最近になってわかったが、エルダリオン自らが駆除に行く害草は極めて危険なものか希少な種がほとんどだ。駆除への参加はいい経験になる。

研究を進めたい気持ちがあるものの駆除にも参加したい。

とはいえ、セーネはずっと草官を続けるつもりだ。それこそ、働けない年になるまで。

二十年後は確実に体力が落ちているだろうし、そうなれば駆除隊からは外されるようになる。研究に力を入れるのはそれからでも遅くない。先を見据えて、今は若いからこそできる経験を積むべきである。

(今は駆除の参加が最優先！)

セーネが集合場所に行くと、そこには複数の草官が待機していた。毎回同じような顔ぶれである。草官の中では比較的若い者たちであり、駆除作業を怖がらない人がエルダリオンから声をかけられるようだ。

ラッチランド研究所に所属する草官の中にも、駆除作業に恐怖心を抱いている者も少なくはない。知識があるからこそ、害草がいかに恐ろしいかをわかっている。

エルダリオンは人を見る目があるようで、駆除作業を怖がっているような反応を見せた草官は二度と誘わないようだ。そういった草官は命の危険がない種の駆除に回しているらしい。

駆除作業の招集時に、わざわざエルダリオン自らが研究所内を回って声をかけているのだが、それは見回りも兼ねていた。

害草関係は金になる。利益に目がくらみ、よからぬことを考える者が出てきてもおかしくはない。麻薬のような効果を持つ害草を密かに育てられれば高値で売れる。

しかし、エルダリオンが駆除要員を招集するたびに研究所内を歩いて回るとなれば、脛に傷を持つ者は見張られている気分になるだろう。それに、侯爵が研究だけではなく駆除にも尽力している姿に「自分も頑張らなければ」と鼓舞されるはず。

ともあれ、誰かに招集させるのではなくエルダリオンが研究所内を歩いて駆除の人員を集めるのはかなり効果的だとセーネは考えていた。

(侯爵様は、どこまで考えて行動していらっしゃるんだろう?)

偶然なのか、それとも計算ずみなのか。エルダリオンの真意はわからない。それでも、セーネは草官として頑張るだけだ。

「集まったな。今回発見された害草は二等級の――」

最後にやってきたエルダリオンが害草の説明をする。

エルダリオンは黒馬にまたがり、草官は馬車に乗り出発した。馬車の中で他の草官に声をかけられる。

「駆除が終わってもセーネは残業だろう？」

「そうですね。私が駆除に呼ばれるのは、そのためだと思いますし」

駆除の後、ついでに周囲の見回りをするのはいつものことだ。顔なじみの草官たちも理解している。

「僕たちも手伝いたいが体力が持たない。侯爵様単独での害草駆除は危険で心配だったし、セーネがいてくれるなら少しは安心できる」

最低でも二人いれば、不測の事態が発生して片方の身動きが取れなくなっても、もう片方が救助したり応援を呼びに行ける。

エルダリオンの「ついでの駆除」にセーネが同行することを同僚たちは歓迎していた。

「でも、いつまでもセーネ一人に任せるわけにはいかないよな。かといって、体力をつけようと今さら身体を鍛《きた》えるのはなぁ……。運動は苦手だ」

「若い草官がまた異動してくればいいんだが、研究所に所属するための審査が厳しすぎるから、次の新人はいつになるのか。新人が来ても若いとはかぎらないしな」

草官たちは溜め息をつく。

そうこうしている間に現場に到着し、その二時間後には無事に駆除を終えた。今回は時間がかかる作業だったので草官たちの顔には疲労の色が濃く滲んでいる。

一方、エルダリオンは二時間前とまったく様子が変わらない。一番の力仕事を担ったはずなのにぴんぴんしている。

「さて、俺はついでに周囲を見回っていくつもりだがセーネはどうする？」

駆除が終わると、エルダリオンは毎回セーネを名指ししてきた。さらに、必ず意志を確認してくれる。

たとえ体力が残っていても、気分が乗らなければ帰してくれるつもりなのだろう。嫌だと言ったところで、責められないこともわかっている。それでもセーネはまだまだ動けるし、珍しい害草と出会えるかもしれないから同行したい。

「同行させてください！」

元気よく答えれば、エルダリオンは満足そうに頷いた。そして、他の草官たちは先に馬車で帰っていく。

セーネはエルダリオンと二人で害草を探し始めた。視力のいいセーネは注意深く周囲を見渡す。

しかし、見るのに夢中になって自分の足下には注意が足りなかった。木の幹に躓いて転びそうになる。

「おっと」

足が一瞬宙に浮くものの、地面にキスするような事態にはならなかった。エルダリオンがとっさのところでセーネを受け止めてくれたのだ。

彼の逞しい胸元に顔が埋まる。

「大丈夫か？」

「も、申し訳ありません。大丈夫です」

セーネは慌ててエルダリオンから身体を離した。硬い筋肉の感触がまだ頬に残っている気がする。

「無事でよかった」

至近距離で微笑まれると胸が高鳴った。

（侯爵様と一緒にいると、なんだかおかしい……）

侯爵邸に住むようになり、さらに駆除に頻繁に同行するせいか、セーネはエルダリオンと二人きりになることが多かった。

食事の際は同じ部屋に使用人がいるものの、害草駆除の際は完全に二人きりである。

しかも駆除にあたり、互いの身体が密着することも珍しくなかった。互いに手を重ねて処理しなければならない害草もあったし、危険な気配を感じたときは彼が背に庇ってくれる。

草官は男性が多く、駆除や実験で他の男性と手が接触することなんて珍しくはなかった。

セーネは今までだって、なにも感じたことがない。

それなのに、エルダリオンと一緒にいると気持ちが落ち着かないし、手が触れた箇所はじんと熱くなる。

とにかく、彼の側にいると今まで感じたことのない感情がこみ上げてきた。それは害草駆除に参加できる高揚感とはまた別のものだ。

平常心に見えるように体裁を保ちながら害草探しに精を出す。どきどきするけれど、害草を発見すれば意識はそちらに向くのだ。

「あっ!　あそこを見てください」

めざとく害草を発見しセーネは指さす。

胸の奥に渦巻いている感情に蓋をするように駆除作業に勤しんだ。

第三章

　その日は休日だった。

　セーネは侯爵邸に与えられた自室で女性の先輩からおすすめしてもらった温泉の資料を眺めながら、特別休暇の行き先を考える。

　行くならば害草が多そうな場所ほどいい。ラッチランド全域が害草の宝庫ともいえるが、その中でも生えやすさに差違がある気がした。

（等級の高い害草を駆除した土地にはしばらく生えにくいという習性がある。となると、候補は……）

　外出することもなく部屋にこもっていると、ドアがノックされた。セーネは椅子から立ち上がる。

　休日、ゆっくり過ごしている草官を邪魔するような使用人はこの屋敷にはいない。誰かがここに来るときは、基本的にはエルダリオンの呼び出しである。

（また害草の発見報告が届いたのかな？）

そう思いつつドアを開けると、そこに立っていたのは使用人ではなくエルダリオンだった。駆除の人員を集める際、研究所なら彼自身が声をかけて回るが、侯爵邸ではセーネを呼び出す際は使用人に頼む。彼がセーネの部屋を直接訪ねるのはこれが初めてだった。

「侯爵様。いったいどうなさいましたか？」

エルダリオンになにかあったのかと、セーネは血相を変えて彼の姿を確認する。衣服に乱れはなく綺麗だった。

（毒性のある害草の組織が付着しちゃって、対処できる私に助けを求めてきた……というわけではなさそうだけど）

「これは……？」

彼の様子を窺っていると小さな箱を差し出される。それは綺麗な包装紙に包まれていた。

害草関係の資料なら機密性の高い容器に入れるか、保存のために通気性のいい藁《わら》で編んだ箱に入れるかのどちらかだ。わざわざ贈り物みたいに包装するとは思えない。

箱を受け取ったまま困惑していると、彼が声をかけてくる。

「開けてみてくれ」

「はい。立ったままでは開けにくいので、とりあえず中にどうぞ」

セーネは部屋の扉を開けたままエルダリオンを室内に招く。

普通の貴族なら恋仲でもない年頃の男女が部屋で二人きりになるという行為に抵抗を感じるだろう。やましい噂が立つかもしれない。

しかし、草官は基本的に男ばかり。セーネは男に囲まれた生活を送っているし、つい先日まで男ばかりの寮に住んでいた。

また、実験室で男性と二人きりになることも珍しくない。換気が必要な実験でないかぎり扉を閉めて密室状態だ。

それでも、ラッチランドでは過去に草官の男女が実験中に過ちを犯したという報告がない。根が真面目かつ害草マニアが多い草官にしてみれば、勤務時間中に異性が側にいたところで興味がそそられるのは目の前の害草である。

草官たちが皆そんな感じなので、草官の資格を持つエルダリオンに対してセーネは危機感を抱いていなかった。侯爵邸では大勢の使用人たちが仕事をして廊下を行き交っているので、ドアさえ開けておけば問題ない。

本来なら気をつけるべきは、侯爵であるエルダリオンのほうである。

たとえドアを開けていても若い男女が部屋に二人きりになる意味を、貴族としての教育を受けている彼ならばわからないはずがない。

だが、エルダリオンは侯爵でありながら草官としても働き、セーネとはよく一緒に駆除をしているため二人きりになる機会が多かった。

それが彼の貴族としての感覚を狂わせたのか、エルダリオンは深く考えることなくセーネの部屋に入りソファに腰掛ける。セーネはテーブルを挟んで向かいに座ると包みを開けた。

「爪用塗料《ポリッシュ》……！」

箱の中にあったのは小瓶だ。瓶の色は透明で、中に淡い桃色の液体が入っているのが見える。独特な瓶の形状から、それが爪用塗料であることは一目でわかった。

「君は爪用塗料を使っていないだろう？　ラッチランドで害草駆除にあたるなら、絶対に塗ったほうがいい」

そう言うエルダリオンの爪は美しい黒が塗られている。

害草駆除は生命の危険が伴う。害草の中には人間を溶かして養分にしたり、苗床にしたり寄生したりする種がある。そういった害草の被害に遭うと遺体が残らない場合も多かった。場合によっては、亡くなった者が誰であるか判別できないことさえある。

しかし、なぜか爪だけは最後まで残るのだ。身体が溶けようが朽ちようが、爪だけは綺麗に残る。

だからこそ草官は万が一に備え自分を識別してもらうため、爪に様々な色の専用塗料を塗っていた。塗料を塗ったほうがより綺麗な状態で爪が残るということもあり、草官になにかあった際には家族のもとに爪が届けられるのだ。遺髪ならぬ遺爪となる。

率先して危険な害草の駆除にあたるエルダリオンは当然爪を塗っていた。彼が黒い塗料を使っているのは有名な話なので、誰も同じ色の塗料を選ばない。

セーネもここ最近は危険な害草の駆除にあたっているから、そろそろ自分も爪用塗料を使わなければと思っていたところだ。

「俺も一応は侯爵だから、街の視察をして経済状況や雰囲気をこの目で見ることにしている。いつも、そのついでに贔屓《ひいき》にしている店で爪用塗料を買うのだが、君が使っていないのを思い出してな。ちょうどいいと思って買ったんだ」

「そうだったのですか、ありがとうございます。とてもかわいいです！」

淡い桃色なら塗っていてもそんなに目立たないので、ちょうどいい。

「私もそろそろ買わなくてはと思っていたんです。今、お代を払います」

セーネが立ち上がろうとすると止められた。

「いや、これは君に贈らせてほしい。休日に害草駆除に付き合わせている迷惑料とでも思ってくれ」

「えっ……。でも、私はここに住まわせてもらっているうえに、毎日美味しい食事をいただいてます。迷惑だなんてことありません。珍しい害草の駆除に参加できるのは嬉しいですし、今後の研究の糧《かて》になります。そこまでしていただくわけにはいきません」

確かに休日も駆除に駆り出されているが、草官として当然の義務である。むしろ珍しい害草を見られるのなら休日返上になろうとかまわないとさえ考えているのだ。それなのに贈り物だなんて気が引ける。もらう義理もない。

セーネが包みを戻そうとしたが、エルダリオンの言葉に手を止めた。

「君のために選んだ色だから、他の人には贈れない」

「え……？」

「ラッチランドでは爪用塗料の品揃えはすごい。草官だけでなくレディも使うからな。その中で、俺は他の草官がまだ使っていない色で君に似合うものを選んだ。だから君に受け取ってほしい。一時間も悩んだんだぞ」

そう言われてじっと小瓶を見つめる。

確かにこの色の爪用塗料を使用している草官は見たことがない。もっと濃い桃色だったり、肌色に近い色だった。

「どうしても君に使ってほしい」

「……っ」

とくりと鼓動が跳ねる。

適当に買ってきたわけではない。彼はセーネのために、わざわざこの色を選んだのだ。侯爵として草官として多忙な人が、一時間もかけて。

そう思うと胸が熱くなった。

「それを買うとき、すぐ使うものだし包装されていても開ける手間がかかるだろうから紙袋に入れてくれと店主に言ったんだ。だが、時間をかけて選んだ贈り物だからと綺麗に包んでくれてね。今まで、俺は贈り物の包装は不要なものだと思っていたんだが、丁寧《ていねい》に包みを開ける君の姿を見て、ようやく包装の重要さを学んだよ」

破かないよう丁寧に開けた包装紙にエルダリオンの視線が注がれる。

「年甲斐もなく……そうだな、わくわくした。だから、返すとか金を払うとか言わないでくれ。悲しくなってしまう。素直に受け取ってほしいんだ」

「侯爵様……」

確かに誰かに贈り物を渡すときは心が弾む。受け取ってもらえなかったら気分が沈んでしまうだろう。

(わくわくとか、悲しくなってしまうとか……)

彼の素直すぎる言葉選びがセーネの胸に突き刺さる。そこまで言われてしまえば受け取らないという選択肢はなかった。

「そういうことでしたら、受け取ります。侯爵様、本当にありがとうございます。とても嬉しいです」

時間をかけてエルダリオンが選び、渡す瞬間までも楽しんでいたのだと思うと、小瓶が特別なもののように思えた。

——セーネだって嬉しいのだ。

「そうか、それはよかった！　では、さっそく塗ってみてくれ」

「今、ここでですか？」

「そうだ」

彼は機嫌よさそうに笑っている。せっかく選んだのだから、使用したところを見たいのだろう。ここで「はい」と即答できるのがかわいい女の子なのだろうが、セーネは困ってしまう。

「そうしたいのは山々ですが、実は爪を塗るのが苦手でして……。失敗しそうだし、見られるのが恥ずかしいです」

「そうなのか？　では、俺が塗ろう」

「えっ」

エルダリオンは小瓶に手を伸ばすと蓋を開ける。さらに、箱には専用の小さい刷毛も入っていた。

「慣れるまでは難しいよな。コツを教えてあげよう。ほら、手を出して」

「え……っ」

圧に負けて腕を伸ばすと、大きな手に包まれる。彼は刷毛で塗料を掬いセーネの爪に乗せていった。

エルダリオンは爪の手入れを自分でしているらしく、とても手際がいい。みるみるうちに爪が色づいていく。爪用塗料の中でも高級なものなのだろう。発色もいいし艶もある。それでいて無臭だ。独特の匂いがする塗料もあるから、まったくの無臭はすごい。これなら匂いが重要な実験の邪魔にもならない。

「君の爪は小さいから、すぐに塗り終わってしまうな。ほら、もう片方の手も出して」

「はい」

握られている手が熱を持ち落ち着かない。胸の鼓動が速くなっていることをセーネは自覚していた。

(どうしよう。この感情って、まさか……)

エルダリオンの言動に深い意味はない。彼の生活は害草中心に回っており、異性への興味が薄いというのは有名な話だ。もし彼が普通に異性に興味を持つような男性だったら、とっくに結婚しているだろう。

そもそも、エルダリオンはこの領地において草官の頂点に立つ男であり貴族だ。セーネとは身分も立場も雲泥の差である。

そんな男性に惹《ひ》かれても苦労するだけだし、成就するわけがない。むしろ、そのような感情は仕事の邪魔だ。

（格好いい男性に触れられたら、どきどきして当然！　侯爵様はとても素敵だもの。これは、ただの憧れ。好きになったわけじゃない）

セーネは心の中で自分にそう言い聞かせる。

すると、最後の爪を塗り終わった彼が声を上げた。

「あっ、失敗した」

「え？　とても綺麗に塗れていると思いますが」

仕上がりはとても美しく、塗料が指にはみ出してもいないし、よれてもいない。どこが失敗なのだろうか？

「いや、コツを教えると言ったのに、伝える前に塗り終わってしまった。君の爪が小さくてすぐ塗れてしまったから、教える暇もなかったな。すまない」

エルダリオンは苦笑する。

「いえいえ。綺麗な塗りかたを先輩に教わって、きちんと勉強しますので」

「いや、今後も俺が塗ろう。君が危険な害草の駆除にあたるのは、ほぼ俺が声をかけたときだろう？　これが役に立つような状況にするつもりはないが、駆除にはいつも俺が関係しているのだし、爪用塗料を贈ったのも俺だ。つまり、俺が責任を持つべきだ」

「ええっ……さすがにそこまで甘えるわけにはいきません」

今日は流れで爪を塗ってもらったが、次も塗ってもらうなんて、とんでもない。

「君は塗るのが苦手なんだろう？　君が時間をかけて塗って残念な仕上がりになるより、俺が綺麗に短時間で塗るほうが効率がいいと思わないか？　空いたぶんの時間を有効活用できるだろう」

「それは……はい」

時間効率の話を出されたら頷いてしまう。

「俺にとってはたいした時間ではないが、君は爪にかける時間が惜しいのだろう？　せっかく同じ屋敷に住んでいるんだ、どんどん頼ってくれ。俺だって、駆除のときは君を頼りにしている。お互い様だ」

彼とは身分も立場も違う。決してお互い様ではないとセーネは思うものの、自分でやると時間がかかるのは確かだった。必要なものだとわかっていても、爪を塗るのがうまくないこともあって、爪用塗料を買いに行くのをつい後回しにしていた面もある。

「本当にお言葉に甘えてしまっていいのでしょうか？」

「ああ、もちろんだ」

厚かましいのではと思いつつ確認すると、エルダリオンは屈託のない笑顔で頷く。

彼は爪を塗り終わったセーネの手をそっと取った。

「予想通り、とてもよく似合っている。君の手はかわいくて小さいから、絶対にこの色がいいと思った」

「……っ」

微笑まれた瞬間、セーネはとどめを刺された。

エルダリオンを好きになったら苦労するし、成就しないと頭ではわかっていても、感情を制御できない。

(ああ……もう、この気持ちは誤魔化せない)

恋に落ちる瞬間は幸せであるはずなのにセーネは虚しくなる。

「では、俺は失礼しよう。よい休日を」

彼は部屋から出ていく。桃色の爪を見るたびに彼が頭に浮かぶだろう。

「無駄だってわかっているのに好きになるなんて、馬鹿みたい……」

部屋で一人、閉じられたドアに向かって投げやりに呟いた。

◆　◆　◆　◆

恋心を自覚したセーネだけれど、それを表に出すことはなかった。

エルダリオンと二人きりになっても決して浮き足立たない。内心どきどきしていても、常に冷静に振る舞った。

それに、彼と二人で行動するのは基本的に害草駆除のときだ。命がかかっているので、恋情にうつつを抜かしてなんかいられない。

そんなわけで、今日も彼と二人で害草を探していた。

つい三十分ほど前に三等級の害草を複数人で駆除したばかりである。厄介な害草だったので駆除には時間がかかり、いつものように疲れている草官たちを先に帰らせて周囲を見回っていた。

「この地域での発見報告は珍しい。もしかしたら、この周囲に他にも害草があるかもしれないぞ」

エルダリオンは疲れを見せることなく、その目を輝かせている。彼の言うとおり、この近辺では過去二年は害草の発見報告がなかった。

市街地や、山菜が採れるような山は人の目が多いため害草の発見報告が多い。その一方で、人里離れた場所は害草が見つかりにくい。そのような閑散とした場所では害草の発見者に多額の謝礼金を出していた。

害草を発見すればそこそこ稼げるので、害草探しで生計を立てる者も侯爵領には多い。『草探し』という名で呼ばれ、残念ながら国試に受からず草官になれなかった者が勉強で得た知識を生かしてやっているようだ。

今探索している場所は雑木林で、普通なら足を踏み入れるような場所ではない。わざわざこの場所にまで探しに来た『草探し』によって、今回の害草は発見された。

他にも害草が見つかる可能性があり、目がいいセーネは注意深く観察する。

視界の端に入ってきた植物に思わず声を上げてしまった。

「えっ、なにあれ」

驚きのあまり、敬語が抜け落ちる。

「どうした？　一等級の害草でもあったか？」

「いいえ。新種……かもしれません。あちらです。注意して近づきましょう」

セーネはエルダリオンを誘導して、気になった植物の方向にゆっくり進んでいく。

「これは……」

ようやく彼の目にも見えるようになったのか、植物を確認した彼が驚愕の表情を浮かべる。

そこにあったのは、今まで見たことのない種類の植物だった。

大人ほどの高さで、茎から袋状のものが三つほど生えている。食虫植物でよく見られる捕虫袋によく似ていて、長靴のような形をしていた。その袋のすぐ側に花も咲いている。

ラッチランド領では、見慣れない植物はだいたい害草だ。それに、多くの害草を知っている草官としての勘が「あれは害草だ」と告げている。

「害草……ですよね？」

「ああ、そう考えて問題ないだろう」

エルダリオンも目の前の未知の植物は害草だと認識した。

「どのような性質を持っているかわからないから、これ以上近寄らないほうがいいな。旗を立てて、明日改めて調査に来よう」

さすがに新種の害草を二人きりで駆除しようとするほど、彼は無鉄砲ではない。大勢でとりかかる必要がある。

そもそも、袋状の組織を持つ害草はろくでもない種が多い。あの袋の中に人体を溶かす液や、寄生する種が入っている可能性があるのだ。

新種を発見したセーネは、この害草がどんな性質を持っているのか気になった。もちろん近づくつもりはないけれど、目を凝らして観察する。すると、花の模様に気付いた。

「あの花の模様、よく見ると人の顔になっています！」

「なんだと？」

害草が咲かせる花はハゾ草のように毒の種を飛ばしてきたり、いい香りがするだけだったりと、有害なものから無害なものまで様々だ。大きさも形状も、種によってまったく異なる。

そんな中、花が顔の模様をしている害草には共通したひとつの特徴があった。

――催淫《さいいん》系の効果を持つのだ。

この種の害草は人を殺すような毒性はないが花粉を運ばせるため、虫をおびき寄せる特殊な匂いを放つ。

その匂いのもととなるのが分泌液だ。目の前の害草の形状からするに、おそらく花の下にぶら下がっている袋の中に分泌液が溜まっているのだろう。

虫を呼ぶ分泌液は人間に対して強い催淫効果を持つ。人体を強制的に発情させる以外の害を及ぼすことはない。ちなみにそういった害草から作った媚薬は効果が強いのに安全なので、高値で取り引きされている。

そして、目の前の害草は花の模様が人間の顔になっていた。視力がいいセーネだからわかったことだ。

「俺の目ではよく見えないが、本当に花の模様が人の顔なら近づいても死ぬことはない」

安全の証拠を見つけたことで、新種の害草への好奇心に天秤が傾く。もっと近くで観察したい。

注意しながら少しずつ近づいていけば、ようやくエルダリオンの目にも見えたようだ。

「見えたぞ！　あの模様は間違いなく人の顔だ。ならば、あの袋をひとつ持ち帰りたい」

至近距離まで接近したが、害草が攻撃してくることはなかった。甘い匂いが鼻に届く。

彼はナイフを取り出すと、茎と袋が繋がっている部分を切った。縦型の筒にしまい、中身を零さないように持ち帰るつもりだろう。

セーネは花を拝借することにした。人顔模様は少し気味が悪いけれど、自分が発見したのだと思うと愛着を感じる。

先日クク草から採取した粘液を小瓶に入れて持ってきていた。その中に花を入れる。質のいい標本になるだろう。

害草にはまだ二つの袋が残っているので、器具《スポイト》を使って中の液を採取し、瓶の中に入れた。こちらの液体も調べたい。

袋を入れた筒は横にすると中の粘液が零れてしまうので、傾かないよう垂直にしたまま慎重に持ち帰る必要がある。

筒はエルダリオンに任せ、花と粘液の入った瓶をセーネが持ち帰ることにした。

「それでは、後日駆除隊を組もう。新種を見たい者もいるだろう。今まで発見されていなかったということは、繁殖力は強くないと推測できる。催淫系の害草は等級が低い。危険でないならば調査してから駆除すべきだ」

「はい！」

「ところで、この新種の名付けはどうする？　セーネ草にするか？」

命名の話を持ち出されてはっとした。

「いいんですか？」

「君が見つけたんだから当然だ。今のうちに考えておくといい。やはり名前がいいか？」

「はい。新種に自分の名前がつくのは草官の夢ですから！」

セーネは声を弾ませる。

新種が発見された場合、当然名前をつけなければならない。どのような名前をつけてもいいけれど、やはり自分の名前をつける草官がほとんどだった。

もっとも、害草という人間を脅かす存在に自分の名前をつけたくないと考える者も一定数いる。しかし、新種につけた名前は後世にも残るのだ。

新種に自分の名を与えるのは、草官として憧れの行為であった。当然エルダリオン草も存在するし、彼の父親の名前の害草も存在する。

新種を複数人で発見した場合はその者たちの間で命名を相談することになるが、今回はエルダリオンが譲ってくれた。自ら駆除に足を運ぶ彼は今までもかなりの新種を見つけているのだろう。ひとつくらい命名権を譲ってもかまわないようだ。

セーネにとっては初めての新種命名。しかも自分の名前をつけられるようで、やる気もますます向上する。

(とうとう、私の名前が新種に……!)

王都では新種が見つかることなど滅多にない。さすがラッチランドだ。異動してこんなにすぐに新種に出会えるなんて夢みたいである。

(それもこれも、こうして侯爵様が私を駆除に同行させてくれるからだよね)

セーネは視力がいいし、草官の中では若く体力があるほうだ。優秀だからではなく、目がよく体力もあり便利なので声をかけてもらっているという自覚がある。

今回の新種発見だって実力とは無関係で、ただの偶然だ。

それでも嬉しいものは嬉しい。

「いい顔をしている。やはり初めての命名は特別だよな。俺も最初に新種を発見したときは、興奮して眠れなかったくらいだ」

「わかります。私も今夜はなかなか眠れないかもしれません」

そんな会話をしながら目印となる旗を立てる。

一連の処理が完了し撤退しようとしたとき、二人の頭上からガサガサと音がした。

「え……」

なんだろうと思って見上げると、木の枝にコウモリがいた。

通常、コウモリが積極的に人間を襲ってくることはない。しかし、そのコウモリはセーネに向かって飛んできた。

「……っ！」

コウモリに襲われたところで死ぬような怪我《けが》はしない。とはいえ、厄介な病気を保有していることが多い。コウモリに噛まれる、もしくは爪で引っかかれて病に感染し、それが原因で死亡する可能性はあった。

しかも、セーネはコウモリが苦手である。生理的に受け付けないのだ。気色悪い。

身体が竦《すく》み、動けなくなってしまう。

するとエルダリオンがとっさにセーネを背に庇った。彼は剣を抜き一振りする。その直後、半分に分かれたコウモリの身体が地面に落ちた。

一瞬の出来事だった。動く標的——しかもコウモリのような小さいものを一撃で倒すとは、彼の身体能力は凄まじい。

「大丈夫か？」

「はい、ありがとうございます」

セーネの無事を確認したエルダリオンは剣をしまう。

「コウモリが積極的に襲ってきたということは、この近くに獣を凶暴にする害草があるのだろう。駆除隊の規模は大きくしなくてはいけないな」

「そうですね。他の動物が襲ってくるかもしれないので、早くここを出ましょう」

いくら彼が剣の名手でも、二人で行動するのは危ない。もっと騎士を同行させるべきだ。

二人は早足で馬へと戻る。

「侯爵様、筒は大丈夫でしたか？」

歩きながらセーネは訊ねた。

エルダリオンは筒を片手に持ったまま剣を抜きコウモリを切った。その動作で筒が傾いたように見えた気がする。セーネは遠くまでよく見えるけれど動体視力がいいわけではないので、確実に傾いたとは言い切れなかった。

彼は筒を注意深く観察する。

「ふむ……大丈夫そうな気がするな。猛毒だったら置いていったが、せいぜい催淫効果だ。ここを調査する大規模な隊を組むのには時間がかかるかし、事前にこれを調べておきたい。筒に液体が染みている様子はないし、このまま持ち帰ることにする」

その後は動物に襲われるようなこともなく、無事に侯爵邸に帰還した。

◆　◆　◆　◆

害草駆除後に一緒に屋敷に戻った日は、湯浴みをすませてから共に夕食をとる。

髪の長いセーネのほうが入浴に時間がかかるので、いつもなら先にエルダリオンが待っているのだが、今日は彼の姿はない。

（あれ、珍しいな……）

そう思いつつ椅子に腰を下ろすと、メイドが近づいてくる。

「セーネさん。ご主人様は急な用事が入ってしまったらしく、今日は一人で食事をとってほしいとのことです」

「そうなのですね、わかりました」

エルダリオンは領地内の草官の頂点に立つ人間であり、なおかつ侯爵だ。突然仕事が入ることもあるだろう。

運ばれてきた食事をセーネは一人で食べる。害草駆除で動き回っていたから、お腹が空いていた。本来なら貴族のみが食べられる料理はどれもこれも美味しいのだが、セーネは寂しくなる。

（いつも一緒に食べていたから、一人だと味気ないかも。たった一回、食事が別になるだけでこんなふうに感じるなんて……）

カトラリーを持つ手の指先には、彼に塗ってもらった淡い桃色が輝いている。

（剣を振る姿、格好よかったな）

後ろ姿だったけれど、広くて逞しいあの背中を思い返すと胸が高鳴る。

この恋は成就しないとわかっているし、恋心を自覚したときはつらいとさえ思ったが、エルダリオンのことを考えると心が温かくなるのは確かだった。

食事の後、セーネは自室で報告書をしたためていた。

もちろん新種の害草についてである。自分の名前をつけるつもりだ。

（私の新種……すぐにでも調べたい！　できないのが、もどかしい）

持ち帰った害草の花と粘液はセーネの部屋にあるが、決められた場所以外での実験や研究は法律で禁じられている。研究者としての欲と戦いながら報告書の作成に勤しんでいると、部屋のドアがノックされた。

「はい！」

セーネはペンを置いてすぐにドアまで向かう。こんな時間だが危険な害草が見つかったのかもしれない。

ドアを開けると、そこには侯爵家の執事がいた。セーネは驚いてしまう。

執事である彼はエルダリオンの侯爵としての仕事を補佐しており、この侯爵邸での権力はエルダリオンに次ぐ。執事と顔を合わせれば普通に挨拶をするものの、セーネは彼とまともに会話をしたことがなかった。

そんな執事がセーネの部屋を訪ねてくるなど、いったいなにがあったのだろうか？

「どうしましたか？」

訊ねると、執事の顔は青ざめている。とんでもないことが起きたのかと、セーネの背筋を冷たいものが走り抜けた。

「エルダリオン様のことで、ご相談があります」

「……！　どうしたのですか？」

「駆除から戻られて入浴をすませた後、急に体調を崩してしまったようなのです。顔も赤く、発熱もしているでしょう。医者を呼ぼうとしましたが、エルダリオン様に害草由来のものなので絶対に呼ぶなと言われてしまい……」

「今日駆除した害草は、発熱を促す種ではありません。遅効性の毒を持つ害草でもありませんでした。毒性のある害草の花粉が風で飛んできて無意識のうちに吸っていたなら、一緒にいた私も発熱しているはずです。いったいなにが……」

セーネは冷静に分析する。

「私には害草に関する知識がありません。どうかセーネさんに診ていただきたいのです」

「わかりました、すぐ行きます！」

セーネは害草駆除用の鞄を手に取る。

この中には害草の毒を中和する薬も何種類か入っていた。本格的なものは研究所に取りにいく必要があるが、まずはエルダリオンの症状を診るのが先だ。応急処置をして、セーネ一人で無理そうなら応援を呼ぼう。寮に毒に詳しい者が何人かいたはずだ。

セーネは鞄を持つと、執事の後ろについてエルダリオンの部屋へと向かう。屋敷は広くすぐに部屋には着かないので、その道すがら執事から詳細を聞いた。

「かなり苦しそうな様子でしたが、部屋から追い出されてしまいました。研究に専念したいからとエルダリオン様の部屋は防音性が高く、外からでは中の様子がわかりません」

「部屋で研究を？　決められた場所……研究所でないと実験はできないのでは？」

「エルダリオン様はこの侯爵領においてのみ、害草関係の権限をすべて付与されております。草官の人事や研究所の経営はもちろん、法律に関与するような事柄でもエルダリオン様は例外なのです。つまり、認可された場所以外でも実験が許される立場なのです」

「……！　そういえば、そうでしたね」

侯爵領においてエルダリオンが持つ害草に関する権限の大きさは有名だから知っていたが、研究所の外でも実験が許されるなんてと驚いてしまう。

（でも、ここは他の領地と比べて害草の数が段違いだわ。王都と同じ運用では支障が生じるだろうから侯爵様に特例を出しているのだろうけど、ここまでのものだったなんて）

ラッチランド侯爵領は国内でも特殊な場所だ。研究所だって前侯爵が設立している。だから、害草関係のみ特別待遇なのだろう。

「中に入って様子を見たくても、害草の知識がない私が入ってしまっては、かえって被害を拡大させてしまう可能性があります」

「そうですね。草官が行くべきです」

「私もそう提案したのですが、なぜかセーネさんも呼ぶなと強く命じられまして……」

「えっ、どうして……？」

害草による症状ならば草官を呼ぶのが一番だ。なぜ拒絶するのだろう？

疑問に思ううちに、エルダリオンの部屋の前に到着した。侯爵邸でも初めてその区画に足を踏み入れたが、扉の作りが他と違うので一目でわかる。

重厚そうな扉は両開きになっており、獅子が輪を咥えた真鍮製のドアノッカーがついている。普通のノックでは中に音が届かないのだろう。

セーネは輪を打ちつけて大きな音を鳴らす。しばらく待ってみるものの、扉が開く気配はなかった。

「入ってもいいですか？」

部屋の中に声が届かないことはわかっているので、執事に許可を取る。

「はい。どうか、エルダリオン様をお願いします」

「わかりました。中がどうなっているかわからないので、私が出てこなくても朝七時までは絶対に入室しないでください。強い駆除剤を使うかもしれませんので」

幸い、鞄の中には強力な駆除剤が入っていた。間違っても鞄の中で割れないよう、ガラス瓶ではなく鉄瓶に密封されている。

それは害草だけではなく、近くにいる人間の呼吸機能を低下させて死に至らしめる効果もあり、最悪の事態にだけ使うようにと言われているものだ。いざというときは、エルダリオンごと害草と差し違える覚悟である。

「強い駆除剤の話はエルダリオン様から聞いたことがあります。それを使うということは……」

「そうならないことを願っています。しかし、そうしなければならないと判断すれば迷わず使います。侯爵様も、それを望まれるでしょう」

エルダリオンの様子がおかしいと聞いたけれど、現時点で部屋の中がどうなっているかわからない。もしかしたら危険な害草がエルダリオンに寄生しており、それが発芽している可能性もある。

あの雑木林には新種の害草があった。発見したもの以外にも、小さい新種があったのかもしれない。それを気付かずに踏みつけて、種を持ち帰ってしまった可能性もある。

「それでは、入室します。今すぐに扉から離れてください」

「は、はい。……どうか、よろしくお願いします」

執事はつらそうな表情で離れていった。なにもできないのが歯がゆいのだろう。

セーネは鞄から鉄瓶の駆除剤を取り出すと、ぎゅっと握りしめる。

（一瞬で判断しないと。室内の様子がおかしければ、すぐに使用する）

エルダリオンほどの人物なら、ある程度の害草には自分で対処できるはず。

それに、本当に危険な状態に陥った場合、彼は自分の命も厭《いと》わずにこの駆除剤を使用するだろう。もしかしたら、執事を追い払った後に室内でなにかが起こり、すでにこの駆除剤を使用している可能性もある。室内で研究までしているなら、この駆除剤は側に置いていると推測できる。

（とにかく、なにかがあったのは確か。……よし、行こう）

執事が離れたのを確認してからセーネは扉を開けた。鍵はかかっていない。最低限だけ開き、身体を滑りこませるとすぐに扉を閉める。

「エルダリオン様、セーネです！」

大声で呼びかけてから室内を見回した。害草のツタで覆い尽くされている最悪の状況を想像していたが室内はいたって普通の状態で、駆除剤を使った後の刺激臭もなかった。

ただ、独特な匂いがする。

(ん？　なに、この匂い……)

不快感はない。それどころか、胸がそわそわするような不思議な匂いだった。

(害草の匂いではなさそう？)

動物が持つ匂いと、害草の匂いの区別はつく。そして、この室内から感じるのは間違いなく動物由来のものだった。……そう、男性の匂いである。

「執事さんの許可をもらって中に入りました。侯爵様、いったいなにがあったのですか？」

セーネが呼びかけても返事はない。しかし、うめき声が聞こえてきた。

「……っ、う――」

かなり苦しそうだ。セーネは声のほうに向かう。

部屋の中はとても広い。研究用と思わしき机とは反対方向にベッドがあった。毛布が膨らんでいて、中で人が丸まっているのだとわかる。

近づくにつれ匂いも濃くなった。

「無事ですか？　異常はありませんか？」

「……っ、来るな！　俺は大丈夫だ！　すぐに出ていけ……っ、ぐ」

毛布の下から弱々しい声が聞こえてきた。とても大丈夫には聞こえない。

「害草関係ですよね？　症状を確認させてください」

セーネは毛布に手をかける。

かつて、害草の被害に遭い体中の穴という穴から芽が出ている死体を見たことがあった。姿を隠すなんて、エルダリオンもそうなっているかもしれないという覚悟のもと毛布を取り払う。

抵抗しているのか、内側から毛布を引っ張られる感触があった。普段ならエルダリオンの力には敵わない。それなのに、呆気なく毛布を奪えた。

そして、セーネの視界に入ってきたものは――。

「……っ！」

彼の顔は真っ赤だった。しかし、とても綺麗な顔だ。寄生されているとは思えない。

そして、彼は全裸だった。下半身には太い筋を浮き立たせた男性器がそそり勃《た》ち、陰嚢《いんのう》は腫れたように膨らんでいた。

その姿を見てセーネは理解する。

「催淫効果による発情状態……！」

新種の害草は催淫効果を持つ種だった。もしかしたら、なにかの間違いでエルダリオンは被害を受けてしまったのかもしれない。

「あの筒、やはり傾いて粘液が零れていたのですか？」

思いあたる節といえばそれだ。

「いや、違う。粘液そのものには触れていない。あの害草の場合、粘液に振動を加えると特殊な匂いが発生し、それを嗅ぐだけで催淫効果が発生するらしい」

「粘液そのものではなく、そこから放たれる匂いですか！　しかも振動により香りの分泌が強まると。そういった催淫効果は今までの害草にはなかったですよね！」

セーネは思わず感動してしまう。新種のうえに新しい特徴を持っているのだ。これは報告書に書く内容が増えそうである。

「馬に乗って常に振動を加えつづけたからだろう。蓋をほんの少し開けただけで匂いにやられて、このザマだ……」

エルダリオンの男性器は微かに震えながら、先端に透明な液体を滲ませている。生娘ならここで恥じらうべきなのだろうが、セーネは別のことを考えてしまった。

（パペ草にそっくり……）

実は勃起時の男性器に類似した害草が存在する。

セーネは仕事柄、害草の被害に遭った人間の遺体を何度も見たことがあった。その中には裸の死体も含まれており、男性器を目にする機会があったが、当然力なくしなびたものだ。

勃起状態の男性器を見るのが初めてのセーネは「本当にあの害草にそっくりだった！」と感動してしまう。

男性器を観察するセーネに向けて、彼が手を伸ばしてきた。

「いつまでこの姿にしておくつもりだ。毛布を返してくれ」

「毛布を被ってどうするおつもりですか？　睾丸がかなり腫れています。すぐに対処しないと子種が死んでしまうかもしれませんよ？」

全裸かつ勃起状態のエルダリオンと対峙する恥ずかしさもあるけれど、そんなことを言っている場合ではない。セーネは冷静に伝える。

「そんなこと、当然俺もわかっている。自分で処理していたところだ」

「軽い発情状態ならそれでもいいと思います。でも、ここまで睾丸が腫れるなんて……かなり強力なものだと推測できます。最悪、男性器の機能を失うかもしれません」

催淫効果を持つ植物が害草に分類されるのは、過剰摂取すると人体にとって毒になるからである。人体に安全な成分のみを抽出した媚薬も生成できるが、加工前は害があった。

悪影響を及ぼすのは男性のみで、害草由来の催淫効果が強く顕現した場合、睾丸が腫れてしまう。そのままの状態を維持すると生殖能力を失うどころか、勃起機能さえも失われる。さらに悪化すると排尿機能も奪われ、最終的に死に至るのだ。

とはいえ、今まで確認されている催淫の条件はすべて経口摂取である。

それがまさか、匂いを嗅いだだけで効果を受けてしまうなんて。しかも、睾丸の腫れ具合を見ると相当強い効果だと思われる。

セーネが大きさを比べるのは記憶の中にある死体の陰嚢だ。そして、死亡時にそこは小さく縮む。平常時の男性器を見たことがないが、それでも酷く腫れていると推測できるほどエルダリオンのものは大きくなっていた。

「閨事《ねやごと》には疎《うと》いのですが、草官としての知識から自慰で対処できる範囲は超えていると私は推測します。侯爵様はどう思われますか？」

「……っ、それは……」

深い知識を持つ彼が断言できない時点で答えは出ている。

「発情状態を抑える薬は、その原因となる害草の組織を用いないと生成できません。幸い袋も花も持ち帰っていますが、今から作っても手遅れでしょう。ですから……ここは原始的な方法で対処するしかないと思います」

迷うことなくセーネは告げた。

催淫効果による発情を鎮める原始的な方法――それは性交である。

害草由来の催淫効果で勃起した場合、女性の膣で包み、粘膜同士を擦り、女性の分泌液を男性器に直接塗りつけることで早々に鎮められる。

わざわざ催淫効果を起こすということは、そこから導き出される行為は決まっていた。

ちなみに、なぜ害草が催淫効果で動物を番わせようとするのかは研究中である。

(ここまで強い催淫効果だから、こうするしかない。侯爵様を死なせるわけにはいかないもの)

セーネが決意するとエルダリオンは目を瞠る。

「駄目だ、そんなことをしては……！　第一、君は今閨事には疎いと言っただろう？　生娘ではないのか？」

「そうです」

これからすることを考えると隠す必要はない。セーネは堂々と答えた。

「だとしたら、余計に駄目だろう！　もっと自分を大切にしてくれ！　今回の件は俺の責任だ。そのせいで、君に手を出すなど……」

「侯爵様、私は最悪の事態を想定してこの部屋に入ってきました。それこそ、これを使う覚悟で」

セーネは鉄瓶の駆除剤を見せる。

「それは……！」

「いざというときは、この屋敷を……そしてこの土地を守るために死も厭わない覚悟で来たのです。先ほど毛布をめくったときは、侯爵様の身体から害草が生えている猟奇的な光景も想定しておりました。それに比べたらこの状況に安堵しております」

手遅れではない。しかも、薬がなくても対処できるのだ。

このままの状態が続けばエルダリオンの男性器は機能を失ってしまうし、最悪死んでしまうかもしれない。

そんなことになってしまうくらいなら、彼に身を捧げるくらい平気である。

（……それに、他の女性に任せるのは嫌）

街からわざわざ娼婦を呼んでくる時間はない。かといって、屋敷のメイドにこの役目を譲るのは嫌だった。

セーネはエルダリオンが好きである。こういった形で肌を重ねるのは不本意であるものの、他の女性に任せるとなれば嫉妬してしまうだろう。

ただ、選択するのはエルダリオンだ。

「もちろん、私が嫌であればメイドさんを呼んできます。皆さん、侯爵様を慕っております。ご主人様の命がかかっているのですから、結婚をされていたり恋人がいるのでなければ嫌がるメイドさんはいないと思います」

正直なところ、ずっと害草の勉強ばかりしてきたセーネは垢抜けていない。この屋敷に勤めるメイドたちのほうが洗練されていて美人揃いだ。

エルダリオンだって、どうせ抱くのなら綺麗な人がいいと思っているかもしれない。

だからこそ、選択を委ねた。

聞きたくないのが本音だけれど、好きだからこそ彼の希望に沿いたい。

セーネが彼を見つめると腕を摑まれた。

「その駆除剤を使う覚悟で来たんだろう？　……君がいい。正直なところ、もう限界だ。君がこの部屋に入ってきてからというもの、いい匂いがして、押し倒しそうになるのをどれほど我慢したか……！　会話をすることで冷静になろうとしていたが、本当は熱くて痛くてたまらない。……助けてくれ、セーネ」

涙声で請われると、胸がきゅっとしめつけられる。

いつも凛々しい彼の弱々しい姿を見て身体が熱くなった。

「も、もちろんです」

とりあえず、セーネは手にしていた駆除剤をサイドテーブルに置く。すると、ぐいっと引っ張られてベッドに引きずりこまれた。あっという間に覆い被さられる。

「えっ……」

あまりの早業に驚いてしまった。この状況で雰囲気なんてものは望んでいないけれど、それにしても唐突すぎる。とはいえ、いつも紳士なエルダリオンがこんなことをするとは、相当切羽詰まっているのだろう。

セーネの顔を挟むようにして両手をつかれる。赤の混じった前髪がさらりと流れてきて、いつもと違う表情にどきりとした。

「ああ……っ、セーネ……」

顔が近づいてくる。あっと思った次の瞬間、唇を奪われていた。

（あれ？　キス……？　そんな悠長なことしている暇があるの？）

まず口づけてきた彼にびっくりする。

普通の恋人同士の交わりならキスから始まるだろう。

しかし、これは害草による発情状態の対処だ。速やかに性交すべきで、キスは必要ない。

そう伝えようとしても、唇を塞がれているので言葉を紡げなかった。

「んうっ、ん……っ、む」

エルダリオンの顔は赤くて熱そうなのに、舌は妙に冷たい。冷えた舌に口内を探られるとぞくぞくした。

（どうしてこんなに舌が冷たいの？　勃起すると男性器に血液が集中するから、もしかして上半身の血がそちらにいってるとか？　そういえば、性的興奮をしている男性は知能が低下するって聞くけど、それも脳に血がいってないから？）

研究者気質であるセーネは彼の舌が冷たい原因を色々と考えてしまう。気になるからあとで調べたいが、どんな文献を読めばいいのだろうか。

「はぁ……っ、ん」

舌の根まで強く吸われて、思考の海から現実に引き戻される。

キスという行為は唇を合わせるものだとばかり思っていた。唇よりも口内に与えられる刺激が強く、激しく貪られて、セーネは難しいことを考えられなくなっていく。

温度の低い舌に翻弄されているうちに服を脱がされていった。エルダリオンの危機だと聞いて急いでやってきたから、セーネが着ているのは寝衣としている簡素な服だ。腰紐を解かれるだけで簡単に取り払われてしまう。

寝るときに胸をしめつけられるのが嫌だから胸当てもつけていない。柔らかな乳房が露わになる。すると、エルダリオンは唇を離してセーネの胸を凝視した。その目つきはどこかぎらついていて怖い。

「平常時でも、女性の乳首はこのような大きさなのか……！」

エルダリオンは感動したように呟いた。

以前、クク草の駆除で胸元の服が溶けてしまったことを思い出す。きっとエルダリオンもそうなのだろう。

彼の細長い指がセーネの乳嘴を摘まむ。

「んうっ！」

「……すごい！　一瞬で硬くなったぞ。……ああ、なんて愛らしい器官なんだ」

彼は嬉しそうに乳首をこりこりと指先で刺激してくる。胸の先端が甘く痺れた。

「あっ、あぁ……っ」

「なるほど、これ以上は硬くならないのか」

まるで観察しているかのような台詞に、いたたまれなくなる。

「侯爵様。そんなところを触るより、もっと先を急いだほうがいいと思います」

恥ずかしい実験をされている気分だし、そもそも悠長なことをしている暇はない。セーネはエルダリオンを急かす。

「駄目だ！　性交というのは、女性の身体の負担を少なくするために前戯をしなければいけないと知っている。君が俺のために身を捧げてくれるのだから、少しでも君をよくしたい」

彼は真面目な顔で答えた。

なお、その指先はずっと乳首を弄りつづけている。

「んっ、でも……」

「あの日以降、何度君の乳首の夢を見たと思っているんだ！　触らせてくれ！」

「は……？」

とんでもない告白をされて、セーネは絶句した。

（夢で……何度も？）

　そういえば、エルダリオンはあのときに初めて女性の胸に触れたと言っていた。害草中心の生活を送っていても健全な男性である。かなり衝撃的だったのだろう。それこそ、夢に見るほど。

（しかも『君の乳首を見た』ってことは……私のあられもない姿を夢で見たってこと？）

　それは恥ずかしい。あのときだけだと思っていたのに、まさか何度も夢で反芻しているとは。他人の夢を制御するのは不可能だけれど、勝手に夢で見るのはやめてほしい。

「こりっとした手触り……なんて素晴らしいんだ」

　エルダリオンは感嘆の息を吐いた。君をよくしたいと言いながら、彼のほうが楽しんでいるように見える。

（面倒くさそうに触られるよりはましだけど……！）

　エルダリオンは嬉々として乳嘴の感触を味わっている。とんでもない状況だけれど、こういうときでも顔のよさは変わらない。

（ずっと触られていると、頭がおかしくなりそう）

　絶えず刺激を与えられて胸の先端がじんじんする。ようやく指先が離れたと思えば、次の瞬間に吸いつかれた。

「んあっ！」

弄られつづけて敏感になった乳頭を食《は》まれて思わず腰が浮く。

「やぁ……っ、ん。それは……っ、あ」

硬くしこった先端を舌先で転がされた。ざらりとした舌の感覚に肌が粟立つ。

しかも、エルダリオンは吸い上げてきた。

「あっ」

「……！　硬いのに吸うと柔らかく伸びるなど、なんて器官なんだ」

エルダリオンは夢中になって乳首に吸いついてくる。右も左も交互に嬲られて、腰の辺りから快楽がせり上がってきた。

「ま、待ってください……っ、侯爵様」

「すまない、痛かったか？」

エルダリオンはすぐに手と口を離して、心配そうに顔を覗きこんでくる。

「はぁ……っ。痛くはないですけど、むずむずして、どうしたらいいかわからなくて。だから、もう胸を触らないでほしいんです」

涙目で答えれば、彼はごくりと喉を鳴らした。

「むずむずしては駄目なのか？」

「え？」

「おそらく、気持ちいいということではないのか？　もう少しだけ触らせてくれ。きっと、

君もよくなってくるはずだ」

「そんな、ちょっと待っ……んあっ」

再び乳嘴を摘まれる。指先でつねるように刺激されると、お腹の奥が熱くなってきた。触れられているのは胸なのに、呼応するかのように下腹部がじんと疼いてくる。

「あぁ……っ、ん」

「俺には君が嫌がっているようには見えない。だからどうか、もう少しだけ……！」

くにくにと指先で潰されてさらに吸われる。胸は先ほどよりも敏感に刺激を感じるようになってしまった。

セーネは得体の知れないなにかに追い立てられていく。

「はぁっ、ん、あぁ……」

呼吸が激しく乱れる。持て余した熱を逃がすかのように腰が左右に揺れた。

指と舌で執拗に嬲られて、ぎゅっとシーツを握りしめると、ふとエルダリオンがセーネを見つめた。視線が交わると、彼の端正な顔が近づいてくる。

「んっ！」

ずっと胸だけを舐めていた唇がセーネのそれに重ねられた。濡れた唇を押し当てられて、痺れるような感覚がする。

深い口づけに呼吸もままならない。胸を執拗に弄られつづけて、とうとうセーネは高みに押し上げられてしまう。

「――っ！」

びくびくと腰が跳ね上がる。踵がシーツの上を滑り足がぴんと伸びた。舌が縮こまる。無の世界に放りこまれたかのように、なにも考えられなくなってしまった。それからすぐに全身が快楽に包まれる。強張っていた身体は糸が切れたように脱力した。ろくに力が入らなくなり、指先が微かに震える。

そんなセーネを見てエルダリオンが目を細めた。とても満足そうである。

頭がぼうっとしたまま荒い呼吸をしていると、彼はセーネの足を割り開いた。秘めたる部分がエルダリオンに見られてしまう。

「濡れて、ひくついている……！　やはり、先ほどの現象は達したとみなして間違いないだろう」

足の付け根にエルダリオンの顔が寄せられた。

「すごいな……本当にガル草にそっくりだ」

「……」

彼の台詞で、ようやくセーネは冷静さを取り戻し始めた。

ガル草というのは、女性器にそっくりの花を咲かせる害草だ。

セーネも彼の性器を見て真っ先に害草を連想したので、エルダリオンと自分は似たもの同士かもしれない。初めて本物を見たら「似ている！」と感動するのだ。

　絶頂の要因でひくつく蜜口を彼は観察していた。

「すごい……なんて光景だ。これは興奮する……」

「……っ、そんな感想、わざわざ口に出さないでください」

「なぜだ？　君のここがかわいくて……ああ、これもきっと夢に見そうだ。死ぬときだって、走馬灯で思い出すかもしれない」

「やめてください」

　セーネは真顔になった。夢に見られるのも嫌だけれど、今際のきわに思い出されるのも大概だ。

「嫌そうなのに、ここがかわいく震えているのがたまらないのだが……君のせいで俺の性的嗜好が歪んでしまったのかもしれない」

「えっ」

　いきなりなにを言いだすのか……と思った刹那、エルダリオンの指が花弁を左右に開く。内側に隠されていた桃色の粘膜が暴かれてしまった。

「……っ！」

「薄桃色……君の爪用塗料よりも明るい色だ。この色を見るのは初めてだ。セーネ色とでも名付ければいいのか」

新種を発見したような調子で彼が命名する。セーネはとっさにきつく言い返してしまった。

「名付ける必要はありません！」

ただエルダリオンの発情状態を鎮めたいだけだった。それなのに、どうしてここまで辱められなければならないのか？

そもそも、この部屋に入ってすぐに見たときの彼はとてもつらそうだった。しかも、身をもって彼を鎮めると言ってもエルダリオンは拒んだのだ。

それなのに今の彼はとても元気そうで、時間が経つにつれて饒舌になっている。

（まさか、あの害草特有の発情効果だったりする？）

考えたところで答えはわからない。

エルダリオンは広げた蜜口に唇を寄せて媚肉を舐めあげた。ぴりっとした鋭い快楽が走り抜ける。

「ひあっ！」

びくりと腰が浮いた。

「はぁ……っ、これが君の味か。なんと素晴らしい。これをセーネ味と……」

「だから、名付けないで……んあっ！」

彼が蜜口に舌を差しこんできた。肉厚な舌がセーネの内側を探ってくる。

「んっ、あぁ……っ。そんなとこ、舐めちゃ……やぁっ……」

　胸に触れられたときとはまた別の感覚が襲いかかってきた。奥から蜜が溢れて彼の顔を濡らしていく。エルダリオンの髪が太腿を擦る感覚にまでぞくぞくした。彼の舌はセーネの中を舐め回した後、今度は抜き差ししてくる。

「んうっ！　あっ！」

　ずん、ずんと規則的な律動で舌が抽挿された。本来ならば男性器を抽挿する場所を舌で責められる。舌が入ってくる瞬間も、抜かれる瞬間も、どちらも気持ちいい。エルダリオンの唾液とセーネの愛液で、秘処はしとどに濡れそぼる。

「香りが強くなってきた。いい香りだ。セーネ臭……いや、それでは響きが悪い。このかぐわしさに相応しいようセーネ香と……」

「いい加減、名付けるのはやめてくださ……っ、ん」

　セーネの内側が柔らかくほぐれると、舌の代わりに指が入ってきた。舌では届かない場所まで指先がたどり着くと、一瞬だけ痛む。

「っあ……！」

「ぬるぬるして、ひくひくして、温かくて、指にまとわりついてくる……！　こんな狭い所に俺のものを入れるというのか？　なんてことだ……君も俺も大変なことになってしまうぞ」

彼は色々と呟いているけれど、セーネはそれどころではなかった。粘膜を指の腹で擦られて、再び快楽の波にさらわれてしまう。

「はぁ……ぅ、あ……」

「そういえば、ここもぷっくりと膨らんで……とても美味しそうだ」

エルダリオンはセーネの中を指で刺激しながら、花芯に口づけてきた。

すると、胸よりも身体の内側よりも、もっと強い快楽が弾ける。

「あぁ――」

硬くなった蜜芽を彼の口内で転がされた。舌でつつかれると右に左に逃げてしまうそこは、上下の唇で挟まれ捕らえられてしまう。唇の裏のぬらりとした粘膜に包まれて、ただひたすらに快楽を享受した。

蜜口に差しこまれた彼の指は、いつの間にか二本に増えている。なぞられたり、指の腹でとんとんと叩かれたり、指を揃えて抜き差しされたり、様々な角度からセーネを気持ちよくしてきた。

下腹部に熱がこもっていく。

「やぁ……っ、侯爵様っ、ん……。もう……っ」

いやいやと首を横に振るけれど、返事はない。エルダリオンの唇は蜜芽を愛でていて、言葉を発することができなかった。蜜芽に舌を押し当てられた拍子に内側から指で押されて、その両側からの刺激でセーネは一気に絶頂へと誘われる。

「――っ」

愛液がしぶいて内側の指をきつくしめつけた。媚肉がうねるのが自分でもわかる。高みに上りつめたセーネの身体から力が抜けるのを確認し、彼は指を引き抜いた。蜜口は物欲しそうにわなないている。

「君を気持ちよくできてよかった」

エルダリオンはそう呟くと、濡れた手で己の剛直を軽く扱いた。セーネの愛液が彼の雄にまとわりつく。

そして、蜜口に熱杭があてがわれた。

(よ、ようやく……)

初めて交わる恐怖よりも、これ以上辱められずにすむという安堵が勝る。

新しく発見したものに名前をつけたがるのは草官の特徴だ。新種を見つけたときは自分の名前や思い入れのある名前をつける。害草の新しい特性がわかったときも同様だ。だからといって、秘めた部分の色や味や匂いを名付けるなんてとんでもない。ましてやセーネと呼ぶなんて絶対にやめてほしい。

二度絶頂を迎えた肉体的疲労より、精神的疲労でセーネはぐったりしていた。ほどよく力が抜けた身体にエルダリオンの硬いものが入りこんでくる。

「あぁ――！」

　セーネは思わず奥歯を噛みしめた。

　侵入してきたものは予想以上の質量を持っていて、隘路を容赦なく押し広げてくる。丁寧にほぐしてくれたのに、それでもエルダリオンの熱を受け入れるには十分ではなかったらしい。もっとも、我慢できない痛みではなかった。山道を長時間馬車で移動しているときの腰痛のほうがつらい。

　彼はゆっくりと腰を進めてきた。そんなに奥まで入るのかと思うくらい大きくて、なかなか挿入が終わらない。

「はぁっ、はぁ――」

　こういうとき、力んでいるほうが痛みを感じる。つらさを逃がすようにセーネは息を吐いた。

「あぁ、セーネ……！」

　熱に浮かされたようにエルダリオンが名前を呼ぶ。その掠れた声色にどきりとすれば、彼の腰が密着した。どうやら、彼のすべてを受け入れられたらしい。

　無事に繋がれたことにセーネが胸を撫で下ろす一方、彼は狼狽していた。

「ク……、なんだこれは……！　中がっ、ン、絡みついて……温かくて……ッ、あ……これをセーネ現象と名付け……はぁっ、くっ……気持ちよすぎる……！」

「……」

惚れた男であるものの、ちょっと……否、かなりおかしい人だと思う。

まあ、侯爵家の跡取りでありながら三十を過ぎても嫁を取らずに害草対策に邁進《まいしん》していたのだから、普通の男性とは違うのだろう。根っからの研究者なのだ。

「あっ……ッ、セーネ……。ンっ、これは、もう……っ！」

「え？」

繋がっただけで動いていないのに、エルダリオンのものがセーネの中で大きく跳ねた。熱い液体がセーネの最奥《さいおう》に叩きつけられる。

「ああっ……」

「クッ──！」

どくどくと、自身の中を満たしていく液体の正体はセーネにも予想がつく。さらに、これがとてつもなく早い部類であることも。

果てた後に痛みやらなにやらで落ち着きを取り戻していたセーネは冷静に分析した。

（催淫効果のせいで、もう限界だったのね。早くしちゃえばよかったのに、ずっと私の身体を慣らしてくれたんだもの。私のために、これを我慢していたなんて……）

突然の射精に冷めるどころか嬉しく感じてしまった。発言には問題があったものの、セーネのために彼は丁寧にほぐしてくれたのである。

「ッ、止まらない……！」

エルダリオンの雄は何度も震えながら、セーネの中に精を吐き出す。そろそろ終わるのかと思っても、数秒後にまた注ぎこまれた。

（な、長い。これって普通なの？　それとも害草の影響？）

すでに挿入してから吐精までにかかった時間よりも、注がれている時間のほうが長くなってしまった。性交渉が初めてのセーネにしてみれば、射精はどのくらいの時間がかかるのかわからない。

それでも、長いと感じてしまう。

「はぁ……ッ、ク」

呼吸を乱しながら彼は雄液を注いでくる。腹の中が異様に熱く、じんじんと痺れるような感覚に襲われたところで、ようやく熱杭の震えが止まった。

エルダリオンは大きな息を吐いた後、ゆっくりと腰を引く。

（終わったんだ……！）

閨事はよくわからないけれど、ずっと吐精されつづけるのも怖い。彼が己を引き抜いたということは、無事に終わったのだろう。セーネは安心してしまう。肉竿に続いて大きな雁首が抜けると、純潔の証が混じった白濁液がゆっくりとあふれ出す。

セーネは終わったつもりでいたけれど、エルダリオンは秘処に指を差しこんで体液を掻き出し始めた。

「んうっ！　こ、侯爵様？　いったいなにを……！」

「自分でも驚くほど精が大量に出てしまった。一度出しておかないと、これ以上注いでは君に負担をかけてしまう」

「一度……？　これ以上……？」

　セーネはエルダリオンの下腹部に視線を向ける。

　雄杭は元気に天を向いていた。太い筋も浮き立っている。陰嚢は最初に見たときより小さくなっていたものの、まだまだ大きく思えた。

「出すたびにきちんと掻き出すから、俺に任せてくれ」

　まるで、この行為がまだ続くような口ぶりだ。セーネはなにも言えなくなる。

（確かに、侯爵様の発情はまだ鎮まっていないみたいだけど……）

　先ほどの吐精は長かったけれど、あれ以上出るのだろうか？　もともと彼がそういう体質なのか、それとも害草の影響なのか……真意は不明だが、まだ解放されそうもないことは簡単に予想がつく。

　エルダリオンは指を鉤状に曲げ、濃厚な体液を掻き出していく。熱い雄液に濡れた媚肉を指でなぞられると狂おしい気分になった。

　掻き出す動きなのに、肉壁に精を塗りつけられているような感覚がする。

「あっ……ん、ふぅ……ぁ」

鼻から抜けるような甘い声が唇から零れる。

大量に出されたからか、掻き出す作業もなかなか終わらなかった。

「これほど小さく可憐な場所で、こんなにも俺のものを受け入れてくれたのか……」

感動したように彼が呟く。

時間をかけて精を掻き出したかと思えば、再び彼のものがセーネに埋めこまれた。

「あっ、あぁっ……！」

最初のときのような痛みはない。それどころか痺れて疼いて不思議な感覚に襲われる。

全部受け入れても、今度はすぐに吐精しなかった。エルダリオンは腰を前後に揺らす。

「んうっ、あっ」

硬くて太いものが抜き差しされ、媚肉を刺激していく。

「……っ！　動くたびに……ン、絡みついて……！　どうして、こんなに中がうねっているんだ？　女性の中とはこういうものなのか？　それとも、君だからなのか？」

彼が真面目な顔で訊ねてきた。

「わ、わかりません……！」

「俺も初めてだからわからない。わからない……が、はぁっ……。気持ちいい……。奥がざらざらして、なんだこの無数のひだは……ンっ、人体にこんな部分があったとは。名付

ける なら……」

「やめてください」

嫌な予感がしたセーネが答えると、エルダリオンがぎゅっと抱きしめてくる。厚い胸板に乳房が密着し、軽く押し潰された。

「んっ」

「あぁ……昔に閨教育の本を読んだとき、子孫を残すのなら受粉のように必要最低限の行為だけをすればいいのにと俺は疑問に思った。だが、答えを得た。これは……っ、ン、時間をかけてでも……価値のある行為だ。なぜなら、こんな……！」

精を掻き出すために何度も指でなぞられた部分を、今度は熱杭に擦られる。その刺激に目の前がちかちかした。

繋がる前に二度も絶頂を迎えたのに、同じようでまた違うものがこみ上げてくる。もっと深いなにかがセーネに忍び寄っていた。

「こ、侯爵様……っ！」

たまらず彼の広い背中に手を回してしがみつく。

「セーネ、君は気持ちいいか？　俺は今までの人生で一番いい気分だ。自分の手とはぜんぜん違う。こんな快楽がこの世に存在していたなんて……！　君も同じだと嬉しいのだが、どうだ？　どうすれば、君はもっとよくなる？」

エルダリオンが深く繋がったまま、最奥をぐりぐりと刺激してきた。高みに連れていかれるような、底のない闇に落ちていくような、自分でも理解できない感覚に襲われる。

「んうっ……！」

セーネは彼の背に爪を立てながら、ただひたすら与えられる刺激を受け止めた。

「……ッ！　中が、ン、一際強くしめつけてきた……。これは、気持ちいい証拠だというのは本当か？　いいのか？　ここがいいのか？」

「ああっ！」

彼は一番深い部分を執拗に責め立ててくる。

「本に書かれていることが真実ばかりではないと俺は知っている……！　だから、君が教えてくれ……！　いいなら、いいと、ッ、言ってくれ！　お願いだ！」

エルダリオンがセーネの顔を覗きこんでくる。その双眸が縋るような眼差しを向けてきた。彼は書物で得た知識が本当かどうか知りたいのだろう。そして、セーネのことも気持ちよくしたいのだ。

「頼む……」

そう言われてしまえば、セーネも答えるしかない。

「き、気持ちいいです……」

「どのくらい？」

程度まで確認されるなんて、彼はセーネをどれほど辱めれば気がすむのだろうか。

「いっぱい……すごく……とても気持ちいいです」

「……！　そうか、俺はちゃんと君をよくできているんだな？　それはよかった……。俺ばかりがよくて、君がつらかったらどうしようかと」

エルダリオンは安堵の表情を浮かべた。その顔に胸がしめつけられる。

（害草のせいで大変なんだから、私のことまで気にしなくていいのに……）

愛しあう二人の行為なら、当然男女とも快楽を得る必要があると思う。どちらか片方だけが満足するような一方的な交わりなら心が離れてしまうだろう。

だが、これは愛のない行為だ。セーネはエルダリオンを好きだけれど、彼はそうではない。害草の催淫効果のせいで仕方なく肌を重ねているのだ。

男性は射精のために一定の快楽が必要だけれど、セーネまで同じように気持ちよくなる必要はない。

（きっと、申し訳なさから私を気持ちよくしようと思っているだけ……）

エルダリオンの優しさが今はつらい。

もし乱暴にされたら失望できた。それなのに、こんな状況下までセーネのことを考えてくれるから、ますます好きになってしまう。

最奥を穿《うが》たれるたび心まで揺さぶられているようだ。汗ばんだ肌が密着すると心地よくて、ずっとこのままくっついていたくなる。

「ああ、セーネ……」

ただ名前を呼ばれただけなのに、愛おしげなその響きに勘違いしそうになる。

害草を駆除するのと同様、問題の対処をしているだけ——そう考えたいのに、休む間もなく与えられる快楽のせいで理性を保っていられない。本能のまま好きだと言ってしまいたくなる。

心の中で思ってしまうのは仕方ないが、言葉にするのだけは必死でこらえようと唇を噛みしめた。

するとそれに気付いたエルダリオンがキスをしてくる。

「……っ！」

キスのおかげで言葉を発さずにすむけれど、繋がりながらの口づけは駄目だ。彼に溺れそうになってしまう。

「はぁっ、ん……ふぅ」

噛みしめたはずの唇は彼の舌で呆気なく割られた。舌の根まで吸われ、口内を貪られる。

自分の内側が嬉しそうに雄杭に絡みついたことにセーネは気付いた。彼はその動きに呼応するように腰を穿つ。

「っ、ん……！」

お互いのくぐもった声が唇の隙間から零れて重なる。

最奥に与えられる刺激に、セーネは浮遊感を味わった。飛びそうだと感じた次の瞬間、頭の中が真っ白になる。

「——ぁ」

セーネの中がうねりを上げ、彼のものを強くしめつけた。雄杭が震えて白濁を放つ。

「……」

エルダリオンの腕の中に閉じこめられて、口づけられ、深く繋がっているというのに、ふわふわと身体が浮いているようだ。

絶頂を迎えたという自覚はあった。

それでも、先ほどまでのものは果ててすぐに自我を取り戻せたのに、今度はなかなか戻ってこられない。自分が自分でないみたいで、快楽の海に全身が溶けてしまったかのようだ。深い絶頂に放心している一方で、エルダリオンはまたもや長い吐精をしていた。

セーネの内側に容赦なく精が注がれていく。

「ハア……ッ、ん。セーネ……」

頂点に上りつめてもなお、彼はセーネの唇を吸いつづけた。角度を変えながら口内を堪能し、何度も精を放つ。

（熱い……）

勢いよく注がれる熱い雄液の感覚に、ようやくセーネは感覚を取り戻していった。ぴくりと舌が震えると、エルダリオンの舌に搦め捕られる。

「んっ！」

吐精を終えたようで、再び雄が引き抜かれた。またもや大量の精がひくつく蜜口から勢いよく流れていく。

エルダリオンの指が下腹部に伸ばされ、セーネの中から精を掻き出していった。

先ほどは目視しながら作業していたのに、今度は唇を離そうとしない。ずっとキスをしたままで精を掻き出していく。

「んうっ、んっ、んむっ」

見なくてもわかるとでもいうように、彼の指は我が物顔でセーネの内側を動く。その指先は甘い痺れがこびりついている最奥に届かないものの、快楽を与えるには十分だった。

「……っ！　んっ！　んうっ！」

指が動くたび、軽い絶頂に上りつめた。

深く達した直後に甘い官能を連続して与えられて、セーネはとうとうすすり泣く。

もっとも、その泣き声も彼の唇に飲みこまれていった。

そうしながら注がれた精を掻き出されると、当然のように彼のものが挿れられる。

――この行為がいつ終わるのか、セーネにも予想がつかなかった。

◆　◆　◆　◆

どのくらい肌を重ねていたのだろうか？

めくるめく快楽に溺れ、セーネは気を失うように意識を手放してしまった。

そして目覚める。

セーネの隣ではエルダリオンが穏やかな寝息を立てていた。彼の呼吸を確認し、とりあえず安心する。きちんと対処をしたのだから、催淫効果で死ぬことはないとわかっていても、陰嚢がかなり腫れていたから心配だったのだ。

(呼吸の乱れもないし、顔色も悪くなさそう。よかった……)

ラッチランドに必要な人を失わずにすんだ。純潔は失ったし、身体はだるいし、腰も痛いけれど、これでいいと心から思える。

セーネは身体を起こした。寝室は薄暗く、カーテンの隙間からうっすらと光が差しこんでいる。

(今は何時だろう？　七時になったら執事さんが入ってきちゃうし、それまでに出ていかないと)

きょろきょろと周囲を見渡せば、壁に時計がかかっていた。時刻は六時。あと一時間は余裕があると胸を撫で下ろした。こんな状況を見られたら大変なことになる。害草のせいだとわかってくれるだろうが、それでも知られたくはない。

セーネはふと自分の胸元に視線を落とした。胸元にはたくさんの赤い痕がついていて、ぎょっとする。

（えっ……これは……？）

意識を手放す寸前、ようやくキスをやめたエルダリオンが胸元や首筋に吸いついてきた気がする。まさか、こんなに痕をつけられていたなんて。

（胸にこんなに痕があるってことは、きっと首もそうだよね。うまく隠さないと……）

毛布を持ち上げて自分の全身を確認すると、赤い痕は太腿にまでついていた。そこにキスされた覚えはない。いったい、いつつけられたというのか？

（こんな場所にまで！）

内腿の際どい場所にまでしっかり鬱血痕が存在している。

（害草のせいで、ものすごく興奮していたのかな？）

そう結論づけると、今度はエルダリオンを見た。

（侯爵様の身体はもう大丈夫かな？）

セーネは彼を起こさないように、そっと毛布を取り払う。そして、飛びこんできた光景に愕然とした。

「そんな……」

エルダリオンの雄は元気に勃ち上がっていた。陰嚢の大きさは昨日に比べたら普通に見えるけれど、あれだけ何度もしたのに勃起しているのはおかしい。

(どうしよう。私が気を失っちゃったから、我慢させてしまったのかもしれない)

陰嚢の大きさから推測するに、一番酷い状況からは脱却できたのだろう。

しかし、それでもなお勃起が収まらなかったに違いない。彼は意識のないセーネに手を出すことなく、諦めて寝ることにしたようだ。

(どうしよう。今からでも間に合うかな……?)

まだ勃起を維持しているということは、新種の催淫効果はかなり強力だと思われる。

昨夜の交わりだけでは足りなかったのだ。このままにしてはおけないし、早急に対処する必要がある。

(侯爵様を起こす？　でも、寝ているだけだった私と違ってあんなに動いてたんだもの、疲れているはず。私がなんとかしないと)

何度も貫かれたから、どこをどうすればいいのか身体が覚えている。

とりあえず、セーネは己の下腹部を見た。

「えっ……」

鬱血痕ばかりに目がいって気がつかなかったけれど、下腹部は綺麗に清められていた。

体液でべとべとになっていたはずなのに、その名残もない。

(鎮まってないのに、気を失った私の身体を綺麗にしてくれるなんて……)

そう考えると、ますます罪悪感が募る。そして、なんとしてもエルダリオンの身体の異常を治さなければと思った。

セーネは己の下腹部に手を伸ばす。

(まずは、ある程度濡らさないと……)

彼の精が残っていればよかったのに名残がない。濡れていなければ、彼の大きな雄を受け入れるのは困難だろう。

だからこそ、自分で準備をする必要がある。

「……っ、ん」

蜜口を指でなぞっても、エルダリオンに触れられたときのような特別な感触はない。

(どうしよう……自慰なんてしたことなんてないから、どうすればちゃんと濡れるのかわからない)

泣きそうになる。それでも、この状況をなんとかしなければという責任感がセーネを奮い立たせた。蜜口の中にまで指を挿れ、彼にされたように動かす。

「ん……、はぁ……っ」

昨夜のエルダリオンを思い出すとお腹の奥が熱くなった。指を鉤型に曲げて、掻き出すように媚肉をなぞる。

何度も何度も、執拗に、しつこくセーネの中をなぞったあの指。それを思い出せば蜜が溢れてくる。

「あっ、……んっ、あぁ……」

気がつけば指の動きが速くなっていた。蜜口が柔らかくなり、淫猥な水音が大きくなっていく。

「はぁっ、んっ、あっ」

「……ん?」

ふと、寝ていたエルダリオンが声を上げた。それからすぐに、うっすらと目を開く。

「……、……、……っ、は?」

彼は目の前で秘処に指を這わせるセーネを見て飛び起きた。慌てた様子で問いかけてくる。

「き、君っ、どうした?　まさか、君にも催淫効果が?」

「違います。侯爵様の状態を確かめたら、まだ発情が治まっていないようだったので、なんとかしようと準備していました」

「治まっていない?　そんな馬鹿な……っ、あ」

彼は自分の下腹部を見て声を上げた。そして、ばつが悪そうに呟く。

「い、いや、これは……その……朝の男は……」

その声はとても小さくて、セーネの耳には届かなかった。

「いいんです、わかってます。気を遣わないでください。私が気を失ってしまったから我慢したせいですよね」

優しいエルダリオンははっきり言わないのだろうと、セーネは自ら切り出した。

「いや、それは違って……」

彼の回答は歯切れが悪く、いつもの彼らしくはない。

(この様子……私に遠慮しちゃってるんだよね？　でも、違う可能性もあるから一応確認しておかないと)

セーネははっきりと訊ねる。

「侯爵様は今、発情状態なんですよね？　それとも、勃起しているように見えますが違う現象なのでしょうか？」

男性器について詳しい知識があるわけではない。勃起に見えても実際は違うのかもしれないと、念のために確認した。

「は、発情……現在、確かに発情状態だ。紛れもなく勃起している」

エルダリオンはちらりとセーネの下腹部を見た。その頬は赤く、やはり発情状態が継続しているとみなして間違いない。

（あの視線……私の準備ができてるかどうか確認してる。私がちゃんと上手にできていないから、負担をかけたくなくて遠慮してるのかも）

セーネは彼の視線の意味をそう捉えた。

「やはり、そうなのですね。ちゃんと責任を持って最後まで私がなんとかします。少しだけ待ってください。ちゃんと入るように濡らしますので」

セーネは必死になって指を動かすけれど、拙い指の動きではなかなかうまくいかない。

そんな様子を見てエルダリオンの目に劣情が灯った。

「俺がする。……俺にさせてくれ」

「え？」

彼はセーネの足を左右に割り開くと、中心に顔を寄せてくる。あっと思った次の瞬間、その唇が敏感な花芯を咥えた。

「ああっ！」

舌先で軽く転がされただけで、腰がくだけそうになった。彼は蜜芽を吸いながら、秘裂に指を差しこんでくる。

「んぅ……」

セーネよりも太く長い指が媚肉を指の腹が優しく撫でた。

「あっ、あぁ……」

自分で触れるより何倍も気持ちいい。

しかも同時に蜜芽も刺激されているので、さらに快楽が乗算される。

エルダリオンに触れられるだけで、すぐに蜜が溢れてきた。ひくりと蜜口がわななく。

「あぁ……セーネ味……セーネ香……」

恍惚とした表情でエルダリオンがなにかを呟いているけれど、よく聞こえない。

ぐるりと指を回されて、媚肉を広げられた。昨夜、太い楔にそこを目一杯広げられたのを思い出して甘く痺れる。

「んあっ！」

セーネが大きく反応したのを見て、彼は指で中を掻き回してくる。

「やぁ……っ、その動き……っ、ん！」

「そうか、君はこれがいいのか」

「んんっ！　そこ、咥えたままっ、話さないでくださ……ああっ」

淫猥な水音はどんどん大きくなっていく。快楽に押し上げられて果てが見えそうになったそのとき、エルダリオンは指を引き抜いた。

「えっ……？」

もう少しのところでお預けをされて、蜜口が切なげにわななく。

彼は濡れた唇を手の甲で乱雑に拭うと、セーネに問いかけてきた。

「俺の発情とは関係なく、君はこの先の行為をしたいと望むか？」

「……？　え？　それは、どういう意味で……」

「そのままの意味だ」

「あっ！」

エルダリオンは蜜口に怒張を押し当てる。くちゅりと音がしたけれど、先端が触れるだけで中に入ってきたりはしなかった。

「君が望むなら……君が気持ちよくなりたいというなら、このままする。しかし、望まないならしない」

「気持ちよく……？　あの、私はただ侯爵様の発情状態を鎮めたいだけで……っ、あ！」

彼の肉傘が上に滑り、先ほどまで咥えられていた蜜芽をぐりっと刺激した。

「先ほども言ったが、俺の発情を差し置いての話を聞いている」

「あっ？　んっ、あっ、待って、それ……っ、んん」

雄杭が敏感な部分を刺激してくる。とはいえ、絶頂を迎えるほどの刺激ではない。

(発情とは関係なしにどうしたいかって……そんなことを聞いて、どうするつもりなの？　実際に発情してるのに？　これをどうかしないと最悪死んじゃう可能性もあるよね？)

快楽と混乱の中、セーネは必死に考える。

(よくわからない……けど、自分の都合で抱くのは罪悪感があるから、私に求められて応えたっていう体裁が必要なのかな？　それとも、貴族特有の考えかた？）

セーネは貴族のことはよくわからない。だから貴族なりの流儀や作法が存在するのかもしれないと感じた。不可解な問いに考えあぐねていると、膝裏に手を差しこまれて持ち上げられる。エルダリオンのものを秘処に挟むようにして太腿を揃えられた。

彼はセーネの足を持ち上げたまま膝立ちで腰を前後に揺らす。

挿入はされていないけれど、彼の雄竿が花弁を割り開き微かにのぞいた粘膜を擦った。

「この先の行為は、ン、君に、委ねる……ッ。俺のことなど気にせずに、したいか、したくないかで答えてくれ……！」

「んんっ！　あっ、ああ……」

繋がっているときとはまた違う感覚がセーネを襲う。

性交していないのに互いの性器が密着して淫らな音を奏でていた。エルダリオンのものがセーネの蜜口を容赦なく擦り、硬くなった花芯をも刺激してくる。

腰が疼いて、お腹の奥が切なくなった。昨夜、何度も精をまぶされた奥の部分が物足りなくなる。

「このままでも、十分気持ちいいなら……ン、それでいい。でも、もっと……奥の快楽を、君が求めるというなら、俺は……！」

彼も気持ちいいのだろう。呼吸は乱れ、額にはうっすらと汗が滲んでいる。細められた目からは男の色香が匂い立っていた。

なんとも艶めかしい表情にどきりとする。

(繋がっていなくても、このまま吐精すれば大丈夫なのかな？　だから侯爵様も私の身体の負担を考えて、こうしているのかも。でも、女性器に挿入するのが一番の対処法って本には書いてあったし、それに……)

エルダリオンの雄で刺激されつづけている場所は確かに気持ちいいけれど、これだけでは高みには登れない。このまま彼が果てたところで、セーネのほうは熱を持て余してしまいそうだ。

(私が気持ちよくなる必要がないのはわかってる。愛のない交わりも虚しい。それでも私は……)

それ以上の行為を求めていると自覚した。

目の前にいる思い人に抱かれたいのだ。精神的な意味でも、肉体的な意味でも。

(侯爵様を安全に鎮めるため……)

理由がないとみじめになりそうだったから、心の中で言い訳する。

もっとも、エルダリオンに対しては彼が求める答えを口にした。

「ちゃんと、してほしいです……。これだけじゃ、私……」

そう答えると、足の付け根に挟んでいた彼のものがいっそう硬くなった気がした。

足が割り開かれて、ぐずぐずにとろけた蜜口に怒張をあてがわれる。

「セーネ……！」

名前を呼んでエルダリオンは腰を進めた。

昨夜、さんざん蹂躙された内側は抵抗もなく、彼を一気に最奥まで迎え入れる。痛みも感じない。

「あっ、ああ……」

挿入とともに覆い被さってきた彼の背中に手を回してしがみつく。

「ああっ……中が、ン……こんな……ッ、奥が……」

エルダリオンの声は、どこかつらそうだった。こつんと最奥を穿った後、熱杭がゆっくりと抽挿される。

「んうっ……」

望んでいた快楽が与えられ、セーネの内側が嬉しそうにわななく。

「ク……！　あ、朝の敏感な状態で、いきなりこんなこと、されたら……！」

彼の雄が震えて奥に精液を叩きつけられた。さっそく達したようだ。

しかし、セーネは違和感を覚える。

(あれ……？)

昨夜は一度吐精するとなかなか止まらず、ずっと中に注がれつづけた。それなのに今は、比較的短い時間で終わってしまったのだ。

「侯爵様。昨日よりも射精にかかる時間が短いように思えるのですが、なにか不調が？」

心配になって訊ねる。

「い、いや。むしろこれくらいが通常だ。昨日のあれが異常だったんだ」

「それはつまり、発情は続いているものの、通常の状態に戻りかけているという判断でよろしいのでしょうか？」

「……ッ、なぜ君はそんなに冷静なんだ。俺はこんなに君に翻弄されているというのに！」

少しだけ、エルダリオンの声色に苛つきが混じる。いつも温厚な彼が怒りを滲ませるのを見て、セーネはびくりと肩を竦ませた。

すると、彼ははっとしたように首を振る。

「すまない。怖がらせるつもりはなかった」

「い、いえ。こちらこそ申し訳ございません」

セーネはとっさに謝る。そんな言葉を交わしながらも、彼のものは硬いままだった。

「俺が情けないだけなのに、八つあたりしてしまった。今度はきちんと君を気持ちよくするから」

エルダリオンはそう言うと上体を起こし、繋がったまま膝立ちになる。そして、結合部の上にある蜜芽を指で摘まんだ。

「ああっ！」

雷が走ったかのように腰が痺れる。

「やはり、女性はここだろう？　昨日は奥も感じていたな？　両方同時にすれば、君だってよくなるはずだ！」

そう呟きながらエルダリオンは腰を前後させた。同時に花芯を指先で弄る。

「あっ！　ああっ！」

突然、強い快楽がセーネに襲いかかってきた。しかも、昨夜は吐精のたびに掻き出されていた精が中に入ったままである。突かれるたびに奥の奥まで彼の体液が送りこまれ、セーネの大切な場所をくすぐった。下腹が熱くなる。

「んっ、あ……っ、そこは……っ、やぁ……！」

セーネがぎゅっとシーツを握る。

「よかった……！　ン、君もようやく感じているみたいだ」

彼はどこか安心したように微笑んだ。その顔はとても綺麗だ。

「君のここ……かわいく膨らんだここ、どうされたい？　根元を扱くのと、先端を押すのと、どちらが感じる？」

「ああっ！」

敏感な部分を根元から先端からエルダリオンの指でいじめ抜かれて、なにも言えなくなってしまった。

　どちらがいいというのもない。それぞれ違った快楽がセーネに襲いかかる。

「教えてくれ。どちらなんだ？」

「あうっ、ああっ」

　彼の指先が小さな蕾を刺激してくる。

「それとも……やはり、これか？」

　ふと、エルダリオンが陰核を指で挟んだ。そのままゆっくりと指を下げると、包皮が剝かれて無防備な真珠が露わになる。

「ああっ！」

　痛みにも似た鋭い快楽が腰を突き抜けていった。

「女性は剝くとこうなるのか……！」

　彼は目を輝かせながらセーネのあられもない場所を眺めていた。

「やっ、見ないでください」

　自分でもどうなっているかわからない場所を視姦されて、いやいやと首を振る。

「あますところなく観察したい。ああ、なんて淫靡な器官なんだ……」

「んあっ」

　剝き出しになった花芯に親指をあてられると、なにかが弾ける感触がした。腰を大きく跳ね上げて身体が強張る。

「ン……っ、このしめつけと君の反応……達したのか」

エルダリオンは嬉しそうだった。その一方で、絶頂を迎えたセーネは呆けている。

「なるほど、押し潰す角度によっては皮が戻ってしまうな」

敏感すぎる真珠が皮に包まれると、エルダリオンは再びそれを下げてきた。指が上下して、真珠が皮から出るのと包まれるのを繰り返す。

彼の指と包皮で蜜芽を刺激され、たまらず腰が震えた。

「ああっ、や……っ、はぁ……」

結合部から蜜が流れ、それと同時に泡立った精も押し出されていく。エルダリオンは腰を揺らし、流れ落ちそうになる雄液を奥に送りこんできた。

「ああっ、セーネ……」

花芯を皮ごと扱かれながら深い場所を突かれると、再び高みに導かれていく。特に、奥に感じる刺激がもたらしてくるのは深すぎる快楽だ。

奥のほうで達してしまえば、しばらく正気には戻れないだろう。わかっていても、最奥の刺激に追い詰められていく。

「侯爵様……っ、奥……っ」

「奥だな？　わかった」

「違……、あぁ！」

奥への刺激をやめてほしいのに、エルダリオンは思いきり腰を引いて突き上げてくる。硬く大きな雄杭は重い衝撃を与えてきた。

精にまみれた媚肉を肉傘が引っかき、そのつるりとした先端が思いきり奥を押し潰してくる。蜜芽もずっと扱かれたままで、暴力的なまでの快楽にセーネは一気にたたき落とされた。

快楽の海に身を投げ出す。

「あぁ――」

目を開いていても視界が真っ暗になる。全身が震え、足の指先がきゅっと丸まった。彼のものを強くしめつければ、応じるように雄液を注がれる。

「ク……」

エルダリオンは再び吐精した。やはり短いけれど、今のセーネには時間感覚がない。ただ震えながら彼から与えられるすべてを受け入れる。

官能の世界を漂っていると、再び覆い被さってきた彼に唇を奪われた。

「はぁ……ッ、セーネ……」

エルダリオンは夢中になったように唇を吸ってくる。せわしない口吸いに、彼の余裕のなさが現れていた。まだ硬いままの彼の雄はセーネの中を行き来し、さらなる快楽を叩きこんでくる。

大きな絶頂を迎えたのに刺激が終わらないから、ずっと高いところに上りつめたまま戻ってこられない。なにをされても気持ちいい。

「あ……っ、あぁ……」

深い口づけに言葉も奪われ、セーネははらはらと涙を零す。

そして、昨夜のように意識を手放してしまった。

第四章

セーネが再び目を覚ましたとき、部屋の中はすっかり明るくなっていた。カーテンが閉まっていても、その隙間から夏の強い日差しが入りこんでくる。

朝どころか昼かもしれないとセーネは飛び起きた。ベッドに寝ているのは自分だけで、エルダリオンの姿はない。

時計を見ると十時だった。当然、始業時間は過ぎている。

「し、仕事……っ、う」

ベッドから出ようとすると腰が痛んで思わず呻く。この状態で草官の仕事をするのは危険だ。害草の取り扱いにうっかりは許されない。仕事を休まないことよりも、体調が万全でない場合は休んで調子を整えるほうが重要だ。

（昨日駆除の仕事をしたから、今日突然休んでも大きな問題にはならない）

等級の高い害草の駆除には危険が伴う。怪我をする可能性が高く、無事に作業を終えても知らない間に毒性のある花粉を吸いこんで熱を出したり、疲労で体調を崩したりする場合があった。

よって、駆除翌日にかぎり無断欠勤は「なにかあったんだろう」と許される傾向にある。当然、危険な状態に陥っていないか安否確認はあるものの、セーネのことはわざわざ無事を確かめに来たりはしないだろう。

なにせ、あのエルダリオンの屋敷にいるのだ。異常があれば使用人がすぐに気付くと同僚たちも考えるはず。

(この腰では行けないいし、欠勤については明日、報告書を出せばいい)

今日は仕事を休もうと頭を切り替えた。

しかし、考えることはこれだけではない。

(執事さんに朝七時までは入室しないでって言ったけど、なにも音沙汰がなければ確認しに入ってきたはず。私が起きたのは朝六時で、それから侯爵様と……)

どれくらいエルダリオンと睦みあっていたのか記憶が定かではない。それでも、一時間で終わったとは思えなかった。

(どうなってるの？　あのとき、執事さんは部屋に来たの？　それとも、扉を開けたら声が聞こえて、とりあえず入室は控えたとか……)

とにかく恥ずかしい。どういう顔をして執事と対面すればいいのだろうか？

裸のまま動揺していると、ベッドの横に椅子が置かれていることに気付いた。入室時にはなかったものだ。

椅子の上には真新しい服と下着が置かれている。着る服があるのは助かるけれど、昨日着ていたものはどうなったのだろうか？

色々と気になることが多いが、とりあえず着替えることにする。

「痛……っ」

動こうとするとやはり腰が痛む。それでも、服を着ようと身体を動かしているうちに多少はましになってきた。もしかしたら、この腰痛は寝たままのほうがつらいのかもしれない。そして服を着ている最中、セーネはあることに気付いてしまった。

――身体につけられた痕が、起床時よりもさらに増えていることに。

(えっ……どういうこと？　こんなにつけられてなかったし、そもそも、朝は唇にしかキスされていないはず)

なぜこんなことになっているのか、まったくわからない。

(鬱血痕に見えるけど、害草のせいで湿疹が出ているとか？　新種だし、特別な症状が出たのかも。あとで侯爵様に確認してみよう)

身なりを整えたセーネはエルダリオンの部屋を出た。すると、扉の前でメイドが待機している。彼女はセーネの姿を見ると、ぱっと表情を輝かせた。

「あっ……！　おはようございます、セーネさん」

「お、おはようございます」

「害草被害の対処で大変だったとご主人様から聞いております。お身体は大丈夫でしょうか？」

そう質問を投げかけてくるメイドの顔は、心なしかにやついているように見えた。まるで、部屋の中でなにがあったのかを知っているかのように。

「だ、大丈夫です」

「食事はどうしますか？　ご主人様は、この部屋で食べさせてもいいとおっしゃってましたが、セーネさんの部屋のほうが落ち着くのであれば、そちらでも」

「……私の部屋にお願いします」

「かしこまりました！」

メイドは早足で立ち去る。食事の準備をしてくれるのだろう。

腰の痛みは楽になったとはいえ、多少は痛むのでセーネはのろのろとした足取りで自室に向かう。その途中ですれ違った使用人たちが、皆そわそわした様子でセーネを見てきて、なんだかいたたまれない。

（なんで？　まさか……なにがあったか、この屋敷の人たちが皆知っているとでもいうの？　それとも、ただの気のせい？）

自分に向けられる視線の意味がわからなくて、なんとも気持ち悪い。しかし、答えを知るのも怖くて聞けなかった。

もやもやした気分のまま部屋に戻ると、しばらくして食事が運ばれてくる。かなり体力を使ったからかお腹が空いていた。

朝食にしては遅すぎるけれど、昼食にしては早い食事を平らげる。もやもやしていても、食事は美味しい。

食後、執事が入室してくる。二人きりにならないように、部屋の隅にはメイドが待機していた。

（き、気まずい……）

執事はどこまで、なにを知っているのだろうか？　セーネがまごついていると、彼は書類を差し出してくる。

「セーネさん。エルダリオン様から、こちらの書類をお預かりしております」

「はい」

セーネは書類の束を受け取った。確認すると、一番上は突発的な欠勤の報告書である。

「本日、セーネさんがお休みになることは研究所にエルダリオン様が伝えるそうです」

エルダリオンは今日、セーネが出勤できる状態ではないと判断したようだ。伝えてくれるのは助かるし、報告書も用意してもらえたのは嬉しい。

明日、出勤してから用紙を入手して書かなければならないと思っていたから、今日のうちに用意しておければ、明日はすぐに仕事にとりかかれそうだ。

セーネは書類をめくっていく。

新種の報告書もあった。研究所には行けないけれど、これで部屋の中でも仕事ができそうである。

仕事関係の書類を確認していき、一番下にあった紙を見てセーネは絶句した。

「こ……これは？」

「結婚誓約書です」

執事はきっぱりと答える。彼の言うとおり、そこには結婚誓約書があった。存在は知っているものの、実物を見るのは初めてである。

しかも、すでにエルダリオンの署名が入っていた。意味がわからなくて、書類を持つ手が震える。

（どういうこと？　侯爵様は誰かと結婚する予定だったとか……？　それでも、その書類を私に見せる意味がわからない）

セーネは混乱してしまう。すると、執事が声をかけてきた。

「こちらの書類もセーネさんに渡すように言付かっております」

「え？　なぜ私が……？　見届け人の欄にサインすればいいのですか？」

「なにをおっしゃいますか。署名するのは妻の欄です」

「は？」

セーネは素っ頓狂な声を上げてしまった。その様子を見て、執事のほうが驚いた表情を浮かべる。

「もしや、エルダリオン様からなにも聞いていないのですか……？」

「聞いてません」

セーネが断言すると、執事は己の頭を押さえる。

「……ああ、大変申し訳ありません。すでに話はすんでいるものとばかり……」

「すみません。状況がまったく理解できないので、詳しく聞かせていただけますか？　侯爵様はなんとおっしゃっていたのでしょう？」

結婚誓約書を手にしたまま説明を求める。

「新種の害草の被害で苦しんでいたご主人様は、セーネさんの協力で症状を鎮めたと伺っております。その過程において、男として責任を取るべき事象が発生したから結婚をすると説明がありました。使用人たちにも、セーネさんを婚約者として扱うようにと命じられております」

「責任……ですか」

その単語を聞いた瞬間、セーネの心が冷えた。書類の束から結婚誓約書のみを取り出し、執事に突き返す。

「責任を取っていただく必要はありません。こちらはお返しします」

「しかし……」

戸惑う執事に無理やり押しつけると、渋々といった様子で受け取られる。

「私には不要のものです。……しばらく一人にしてください」

丁寧に言ったつもりでも語気が荒くなってしまう。執事は困ったようにメイドと顔を見合わせた後、「失礼します」と部屋から出ていった。

セーネはなにもする気になれず、自分のベッドに乗り上げる。

「責任って……！」

苛立ちを隠さずに呟いた。

——確かに昨日、男女の一線を越えた。

それでも、仕方がないことだ。害草起因の発情状態を放置した男性は死に至るし、新種なのですぐに薬を用意することもできない。

あのときセーネは最善の方法を取ったし、それはエルダリオンもわかっているだろう。

とはいえ、セーネは生娘だった。彼とて童貞だったが、男性と女性では貞操の意味が違う。セーネの純潔を奪ったことに責任を感じるのも納得できた。

だからといって、結婚誓約書を執事から渡されるのはありえない。

エルダリオンにとって結婚とはそんなに軽いものなのだろうか？　欠勤の報告書と同じように、紙切れ一枚ですませるような事柄なのだろうか？

草官の書類の中に紛れていた結婚誓約書に、セーネは酷く侮辱されたように感じた。自分の存在が軽んじられている。

肉体関係を持ってしまった以上、責任を取って結婚する——そう考えたのならば、まずはエルダリオン自身の口から伝えるべきだ。

（それなのに、いきなり書類を渡してくるなんて……）

そこにセーネの意志を尊重する気持ちは感じられない。ただサインをすればいいと言われているみたいだ。

（そんな結婚をしたところで、幸せになんかなれるはずがない）

害草の発情状態を鎮めるために肌を重ねたエルダリオンは、夫婦になった後は夫の義務としてセーネを抱くつもりなのだろうか。愛情のない夫婦など虚しいだけだ。

もっとも、セーネは彼に恋情を抱いている。彼が好きだ。

だが恋愛と結婚は別で、別に彼との結婚を望んでいない。セーネの人生において、結婚はそこまで重要なことではなかった。

（もし私が貴族令嬢で、結婚して子供を産むのが目的の人生なら、好きな人と結婚できる

機会を素直に喜べた）

立場が違っていたら、あの無機質な結婚誓約書に喜んでサインしていただろう。

また、人生の最優先事項が恋愛感情であり、好きな人の側にいられるだけで幸せだという考えを持っていても結婚していたと思う。

しかし、ここにいるセーネ・ラギャという人間は違う。自らの意志で草官の道を選び、血の滲むような努力をしてラッチランド研究所に異動してきた。

害草を駆除して民の安全を守り、研究して暮らしに役立つ発見をしたい。害草に関わりつづけて、この不思議な存在をとことん暴いて知り尽くしたい。

セーネの人生において、害草が占める割合はとても大きかった。むしろ、エルダリオンに恋をするまでほぼ害草のことしか考えていない。

そして、恋を知ってからも害草に対する情熱が減ったわけではなかった。

つまりセーネはラッチランド研究所で害草に関わっていられたら、それだけで幸せなのである。

（私の思い描く幸せに害草は必要不可欠だけれど、結婚はそうじゃない）

セーネは結婚という行為に重きを置いていなかった。

（好きな人と結婚できたら、それはそれで新しい幸せを感じられると思う。……でも、その結婚はお互いに思いあっているからこそ価値がある。いくら好きな相手でも、責任感で

結婚してもらったところで幸せは感じられない)

エルダリオンのことを好きだからこそ、彼の責任感につけいるように結婚しようものなら、事あるごとに「夫としての義務で優しくしてくれるんだ」「愛しているわけではないのに、仕方なく一緒にいてくれるんだ」と考えてしまうだろう。

そのたびに傷つくのは目に見えている。そんなの、絶対に嫌だ。

(細かいことを気にしないで、好きな人と結婚できて運がよかったと思えるくらい楽観的ならよかったけど、私は違う)

セーネにとって、これが初めての恋。

だからこそ青臭い理想を抱いているし、割り切れない。初恋だからこそ面倒で、理想と現実の折り合いをつけられずにこじらせている。

(……別にそれでいい。恋よりも害草を追求したいもの。……侯爵様も、恋とか結婚とかどうでもいいとお考えだから、結婚誓約書を渡してきたのかもしれないな)

そこに考えがいきつくと妙にすっきりした。

エルダリオンにとって重要なことではないからこそ結婚誓約書を執事経由で渡してきたのだ。その考えは否定しない。ただ、セーネとは少しだけ結婚に対する捉えかたが違うのだ。

政略結婚が珍しくない貴族の彼は、愛情がなくても結婚できる。

平民のセーネは、結婚するならそこに愛情があってほしい。

価値観の相違ゆえに結婚はできない。エルダリオンが責任を感じているというのなら、人命救助の行為なので気にしないように伝えよう。

「……よし！」

わずか数分、ベッドの上で悶々としていたセーネは起き上がる。

時間がもったいない。うだうだと悩んでいるよりも、書類仕事を片付けるほうが有意義だ。

セーネは机に向かい、書類にペンを走らせる。

害草のことを考えている間はやはり心が浮き立って、これこそが自分の人生にかけがえのない存在だと実感した。

◆　◆　◆　◆

朝食を遅い時間にとったし、ほぼ自室から出ていないのでお腹もあまり空かず、昼食はとらなかった。

いつもなら夕食はエルダリオンと一緒に食べるものの、体調不良を理由に自室に運んでもらう。今日はもう彼と顔を合わせたくなかった。

――夕食後、セーネは新種の報告書を見直していた。

あの場所には新たに駆除隊を組んで行くことになるだろうから、細かい調査報告は後日になる。とりあえず現時点での所見に抜けがないか確認していると、扉がノックされた。

なんとなく嫌な予感がしたが、出ないわけにはいかない。

「はい」

扉を開けると、そこにはエルダリオンがいた。無表情で、その感情は読み取れない。

「話があるんだが、入ってもいいか？」

「……どうぞ」

セーネは彼を招き入れる。前に来たときはきちんとドアを開けたままにしていたのに、彼はわざわざ閉めた。セーネはとっさに訊ねる。

「開けたままではいけませんか？」

「今さらだろう」

言い切られてしまえば返す言葉もない。すでに肉体関係を結んでいるのだから、気にしたところで意味がなかった。

エルダリオンはソファに腰掛ける。

「明日、新種の駆除に行くことになった。駆除隊には君も入れている。身体の調子は……その、どうだ？」

「起きたときは腰が痛かったですが、今は楽になりました。明日にはもう大丈夫だと思います」

「そうか。無理をさせてしまって申し訳ない。どうしても、衝動が抑えられず……」

彼が頭を下げた。平民なのに貴族に謝罪させるなどとんでもないけれど、謝ったほうが彼の気がすむだろうと素直に受け入れる。

「害草のせいですから仕方ありません。ちなみに、その衝動というのは特別に強く感じたのでしょうか？」

既存の害草の催淫効果と違いがあるのか気になって訊ねてみた。しかし、エルダリオンは首を横に振る。

「俺には普通の性交渉時にどれだけ昂ぶるのかわからず、比較できない。……む、待て。朝はかなり興奮したが……」

「え？　朝も多少は効果が残っている状態だったので、平常時とは違いますよね？」

「……っ。あ、ああ、そういえばそうだった」

エルダリオンの顔が赤くなる。朝からあのような行為をして恥ずかしく感じているのだろう。

「他にも確認したいことがあるのですが、いいでしょうか？」

「もちろんだ。その前に、明日の駆除に備えて君の爪を塗り直させてくれ。今朝、爪先が少し剝がれているのに気付いたんだ」

「え？　……あ、本当だ」

セーネは自分の爪先を見て声を上げる。今日は色々ありすぎて、爪まで気にする心の余裕がなかった。確かに見た目が悪いし、本来は害草の被害に遭ったときに身元を判別するためのもの。駆除作業があるとわかっているなら綺麗に塗っておくべきだ。

セーネは爪用塗料を準備する。何度かエルダリオンに塗ってもらっているが、今、素直に手を差し出すのは抵抗があった。

(今は普通に話しているけれど、結婚誓約書を突き返しているわけだし気まずいよね。自分で塗ろう。……この後、結婚誓約書のことも聞かれるんだろうな)

そんなことを考えながら、セーネは瓶の蓋を開けた。

「自分で塗ります」

「いや、俺がやる。君は話しながら綺麗に塗れるか？　色々話したいことがあるから、爪は俺に任せて君は会話に集中してくれ」

即座に否定しながら、エルダリオンは瓶に手を伸ばす。

彼の言うとおり、爪を塗りながら会話に集中するのは難しい。大人しく従うしかなく、セーネはおずおずと手を差し出した。

手を握られて、どきりとする。

昨夜も今朝も、それこそ恥ずかしい場所に触れられたというのに、手を取られるだけで胸が疼いた。

結婚誓約書を見たときは嫌な気分になったけれど、責任と結婚に対する考えかたが違うだけで彼を嫌いになったわけでない。触れられると素直に嬉しくなって、そこには確かに彼への恋心があるのだと感じた。

エルダリオンは小筆を爪に滑らせ綺麗に塗っていく。

「それで、確認したいこととは？」

「私の肌……主に首筋と胸元と内腿に湿疹のような赤い痕が集中しています。多少は吸われた記憶があるのですが、実際に残っている数とかなりの相違があるので、害草による湿疹なのか気になりました。この赤い痕について、侯爵様の見解を聞きたいです」

そう訊ねると、エルダリオンの指の動きが一瞬止まる。

「害草由来の症状ではない。全部、俺がつけたもので間違いない」

「そうなのですか？　……これを、全部？」

「その……君が眠ってしまった後、身体を拭いているときに……吸うと痕がつくのが楽しくて、つい。本当に申し訳ない」

エルダリオンが再び謝ってくる。

同じ研究者として、初めての現象が面白くて何度も繰り返してしまう気持ちはわかる。

害草の実験で、セーネも夢中になってしまうことがあった。

研究者の性《さが》なのだろう。共感してしまうから責める気にもなれない。

「まあ、別にいいです。催淫効果の影響で気分が昂ぶり、いつもとは違った行動を取ってしまったのでしょう」

発情時には理性が薄れる。それを知っていて、セーネは身を以《もっ》てエルダリオンを鎮めようと決めたのだ。

痕などそのうち消えるし、いちいち目くじらを立てる必要はない。

「すまない。寝ている君に無体を働いた最低の男だというのに……」

「いいえ。むしろ、発情が収まっていないのに私の身体を綺麗にしてくれましたよね？朝起きて侯爵様の状態を確認したとき、我慢してくれたことはわかりましたから。痕をつけるくらいかまいません」

「……そ、そうか」

声色には少しだけ動揺が混じっているけれど、器用な手つきで爪を塗ってくれた。あっという間に片手が塗り終わる。

「もうひとつ確認したいことがあります。昨夜、侯爵様の部屋に入る前、執事さんには朝七時まで入室しないように伝えていました。今朝は気を失ってしまったのですが、執事さんは部屋に入ってこられたのでしょうか？」

セーネは気になっていたことを聞いた。

エルダリオンを救う手段として性交渉をしたのは仕方ないけれど、事後の様子を他者に見られるのは恥ずかしい。異性である執事はもちろんのこと、メイドだって嫌だ。

「夜中、君が寝た後に一度部屋から出て執事に無事を報告していた。その際、部屋には誰も入らないようにとも伝えている」

「そうなのですね。よかった……」

セーネは安心した。あられもない姿は誰にも見られていないようだ。

「ちなみに、なにをしたかは執事さんはご存じなのですか？」

「害草に関わることで虚偽の報告はしたくなかった。申し訳ない」

「……まあ、皆さんの様子で知られているのではないかと薄々気付いておりました」

やはり、執事もメイドもエルダリオンとの間にあった出来事を知っていたのだろう。あの生温かい眼差しに納得する。

ただ、害草由来の発情の場合、正しい対処をしなければ最悪死に至ることを、この屋敷で働いている者なら知っているはずだ。

そういう行為があったとしても、人命救助の一環として受け取ってくれるだろう。

「そして、そういう行為をしてしまった以上、俺は男として責任を取るべきだと考えた。だが、君が結婚誓約書を受け取らなかったと執事から報告を受けている。なぜだか理由を教えてくれ」

「……っ」

エルダリオンは爪を塗るのをやめて、セーネをじっと見つめてくる。まっすぐな眼差しだ。握られている手が熱く感じる。

「私は草官として当然の救命活動をしただけです。侯爵様に責任を取ってもらう必要がありません」

「救命活動といっても、我々は男女の一線を越えた。しかも、君は初めてだったではないか？　結婚する女性に純潔を求める男も一定数いる。こうなった以上、俺が責任を取るのが筋だと思う」

「いいえ、その必要はありません。そもそも侯爵様は私が結婚で喜ぶとお考えですか？」

「な……。まさか、君は俺と結婚するのが嫌なのか？」

その発想はなかったとばかりに、彼が驚愕の表情を浮かべる。

「我が侯爵家の財産は国内でも上位に入る。俺だってまだそこまで年を取っているわけではないし、顔だって悪くないだろう？　俺との結婚は君にとって有益なものかとばかり……いや、待て。まずはそれを君に伝えるべきだった」

「えっ？」

「まず、俺は害草に心血を注いでいる。君とは話が合うと思っている。また、結婚したからといって草官を辞めろとは言わない。仕事は好きなだけ続けてくれてかまわない。子供を作りたくないのなら、それでもいい。君の意志を尊重する」

エルダリオンはいかに自分との結婚に利があるのか熱弁する。まるで研究予算獲得の会議みたいだ。

しかしセーネの心は揺らぐことなく、すっと目を眇める。

「私の意志を尊重……ですか」

「そうだ。女性の草官は結婚すると街に家を借りて暮らすが、俺と結婚すれば研究所に近いこの屋敷に住みつづけられる。いい条件だと思わないか？」

「それならわざわざ結婚しなくても、今のままではいけませんか？」

「なぜそこまで頑なに否定するんだ？　結婚したくない理由があるのか？」

「逆です。結婚する理由がないのです」

そう答えると、握られている手に力をこめられた。

「一線を越えたのは、結婚するだけの十分な理由だと思うが？」

「私にとってはそうではありません。はっきり言いますが、執事さんから結婚報告書を渡されたとき、とても嫌な気分になりました。侯爵様にとって結婚はその程度のことで、私は紙切れ一枚で思い通りになる存在なのだと」

「誤解がある。俺は君を軽んじているわけではない！」

エルダリオンが声を張り上げる。

その真剣な様子に、嘘はないのだと伝わってきた。彼は本気で言っているようだが――。

(侯爵様は私を軽く見ていることに自分でも気付いていない。どれだけ言葉を並べられようと、なにも言わずに結婚誓約書という書類を執事から渡してきた時点で、その程度の存在としか思っていないもの)

握られている手は熱いのに心が冷える。

エルダリオンのことは男性として好きだけれど、彼の価値観は残酷だ。ここで結婚を選ぼうものなら、胸にしこりが一生残りつづけるだろう。

セーネはそんな人生を歩みたくない。恋以外にもやりたいこと、したいことがある。結婚だけがすべてではない。

(侯爵様は頭がいい。なにを言ったところで、それなりの理由で反論してきそう。最終的には言い負けるかもしれない。だったら……)

「侯爵様」

セーネは彼に強い眼差しを向ける。詳細は口にせず、単純に述べた。

「私は侯爵様と結婚したくないのです。どうか、わかってください」

「そう……なのか」

エルダリオンが目を伏せる。その傷ついた表情に胸が痛んだ。

本当は恋情を抱いているのはこちらなのに、セーネを好きでもない彼が傷つくなんて狡い。泣きたいのはセーネのほうだ。

まだ爪を全部塗り終わっていないけれど、これ以上エルダリオンと一緒にいたくない。

「そういうわけですので、もうお帰りください。爪もありがとうございました。あとは自分でやります」

「そういえば、途中で止まってしまったな。会話しながらでも塗れると言っていたのに情けない」

エルダリオンは苦笑すると、再び筆を滑らせた。

「最後までやるし、俺は今後も君の爪を塗る」

「え……？」

「結婚が嫌だというのは理解した。では、俺にこうして触れられるのも嫌か？」

「それは嫌ではありませんが……」

「ならば問題ないだろう。今まで同様、明日からは食事も一緒にとってくれ。食事をしながら害草の議論をしたいし、駆除にも誘っていいか？」

爪に視線を落としたまま彼が訊ねてくる。

「もちろん駆除には同行したいです。食事も……侯爵様がよければ」

食事はともかく、求婚を断ったことが理由で駆除に誘われなくなるのは痛手だ。新種と出会う機会を失いたくないし、若いうちに駆除の経験を積みたい。

研究所内で黙々と実験しているだけではなく、実際に外に出て害草の状況を把握するのも草官に必要なことだとセーネは思っている。

「よかった。草官として君はとても頼りになる。これからも、よろしく頼む」

爪を塗り終わると、エルダリオンはセーネの顔をまっすぐに見ながら伝えてくる。

「……はい、こちらこそよろしくお願いします」

セーネは微笑んだ。愛のない結婚よりも、仕事で信頼されるほうが価値がある。

彼に認めてもらったような気がして素直に嬉しい。

――これで、この話は終わったはずだった。

好きな相手からの求婚を断り、報われない恋心を抱いて仕事に生きようと誓ったものの、
このときのセーネは知らない。

エルダリオン・ラッチランドという男がとてつもなく諦めの悪い男だったということを。
◆　◆　◆　◆

翌日、十人ほどの規模で新種の駆除隊が組まれた。当然、発見者であるエルダリオンとセーネも参加している。

事前にエルダリオンから「今までの害草の中でも、催淫効果が一番強い」と周知されていたので、草官たちは慎重に駆除にあたった。

もっとも、この害草は即死の危険がない。催淫にさえ気をつければ問題はなく、駆除する前に花や葉などの組織を採取する。

細切れになった茎に薬液をかけて処理していると、草官の中でも比較的若い男性がセーネに声をかけてきた。

「新種発見おめでとう。セーネ草って名付けるのか？」

「はい、そのつもりです」

「やっぱり、自分の名前をつけるのって浪漫だよな！」

そう言った彼の名前がつけられた害草も存在している。精力的に駆除に出る者ほど、その先で新種に出会う確率が高いのは当然だ。今いる駆除隊の草官たちは、皆新種の発見経験がある。ようやくセーネも仲間入りだ。

「ところで、強い催淫効果があるとわかっているということは、もう実験ずみなんだよな。実験に使った動物はネズミ？　それともウサギや犬？」

彼は新種に興味津々なのだろう。純粋な好奇心で聞いてくる。

「それは……」

なんと答えたらいいのか、セーネは言葉を詰まらせた。

ネズミと答えるのが一番だ。容易に繁殖させることができる哺乳類なので研究所ではネズミを飼育しており、動物実験に用いていた。

とはいえ、害草について嘘はつきたくない。しかし真実を言いにくい。

どうしようかと戸惑っていると、いつの間にか後ろにいた人物に肩を抱かれた。その人物のほうに引き寄せられる。

「え？」

振り向けば、そこにいたのはエルダリオンだった。

「俺が身を以て体験した。催淫効果に興味があるのなら彼女ではなく俺に聞くといい。具体的なことはレディに聞く内容ではないからね」

彼はそう言うと、セーネの首回りを覆っている襟布に指をかけた。少し下げれば、消えずに残っている口吸いの痕が見えてしまう。

「えっ」

それを見た若い草官は絶句した。

催淫効果を体験したのがエルダリオンであり、その新種を発見したセーネに情交の痕が残っている。そこから推測できる結論に彼は瞬時に気付いたのだろう。

驚いた様子でセーネとエルダリオンの顔を見比べていた。

「こ、侯爵様！　なにをするんですか」

セーネはとっさに彼の手を払いのけて首筋を隠す。羞恥で顔が赤くなり、その様子を見た草官はうんうんと頷いた。

「セーネが昨日休んだのは、そういうことでしたか。ともあれ、人間で効果を確認ずみとのことですね」

草官は深く追求してこない。詳細を聞かれても困るが、なんだかいたたまれない気分になった。

「ちなみに、新種の催淫効果による発情を抑える薬は昨日生成した。気になるのなら君が試してみるか？」

「そうですね……新種ですから実験数は多いほうがいい。ぜひ、被験させてください」

身を以て経験したいなど正気の沙汰ではない。

けれど、命に別状がないのなら試してみたくなるのが研究者というものだ。ラッチランド研究所には狂気的研究者《マッド・サイエンティスト》が多いし、この駆除隊の一員ということは彼もエルダリオンに目をかけられているということ。

今、彼の興味はセーネたちの間にあったことより新種のほうに向けられている。

「わかった。では、詳細はあとで詰めよう。ここの処理は俺が引き受ける。次は三薬の投与だろう？」

「はい、そうです。では、俺はあちらを見てきますね」

彼なりに気を遣ったのか、セーネたちの前から離れた場所に作業に行く。エルダリオンは流れるように害草処理を引き継いだ。

セーネは彼に声をかける。

「侯爵様、どういうおつもりですか？」

「どうもこうも、真実を述べたまでだが？　それとも君は虚偽の報告をするつもりだったのか？」

「それは……」

確かに嘘をつくか否かで迷っていた。研究者として真実を伝えるべきだと思ったから誤魔化せなかったのだ。

「君が返答に困っているようだから、当事者である俺が答えたまで。今後、似たような質問をされたらすべて俺に回してくれてかまわない」

「は、はい」

自分で答えるのは恥ずかしいけれど、エルダリオンに任せたところで結局はなにがあったか知られてしまう。なんとも逃げ場のない話だが、やはり研究者の矜持として嘘はつけないという結論に至った。

(男性が発情したときに薬がなくて、仕方なく女性が鎮めた事例は過去にもある。皆、わざわざ深掘りはしないよね)

セーネは自分に言い聞かせる。

一人であれこれ悩んでいる間も、彼は手際よく作業を続けていた。そこで、ふと疑問が湧いてくる。

「そういえば、どうして次の処理が三薬の投与だってわかったのですか？　なにか見極める要素があるのでしょうか？」

害草駆除には多くの薬液を使うけれど、変化の激しい害草でないかぎり、見た目ではどこまで作業工程が進んでいるかわからない。見極めるコツがあるなら知りたくて訊ねる。

「ああ、それは見ていたから」

「見ていた？　なるほど。新種の駆除処理だから、きちんと観察していたということですね」

エルダリオンはこの場で一番偉い人間であり、責任者でもある。作業工程に問題がないか、そして不測の事態が起こらないか見張っていたのだろう。

やはり、頼りになると思ったが——。

「当然、それもある。だが、俺が見ていたのは君だよ、セーネ」

「……は？」

「俺の求婚を断った君が他の男と二人で作業しているものだから、気になってしまった」

「……」

セーネはなにも言えなくなる。

彼がどういう意図でその言葉を発したのか、まったく理解できない。動揺しているうちに、彼はてきぱきと駆除作業を終わらせてしまう。

「では、あとは周辺の植生の観察だな。セーネは俺と一緒に来てくれ」

新種が発見されたので、この土地の状況を詳しく調べる必要がある。なにか特徴的な植物が生えているかもしれないし、虫や小動物も立派な手がかりだ。

単独行動は危険なので、必ず二人以上で組んで周辺の調査にあたる。

そして、セーネは成り行きでエルダリオンと組むことになってしまった。調査中は草官として真っ当な態度を取っているので、気まずいような、そうでないような不思議な感覚に陥る。

調査後も気がつけばエルダリオンがすぐ隣にいる状態で、その日の野外活動は終了した。

◆　◆　◆　◆

一年の中で、初夏から秋にかけてが一番害草が活発になる時期だ。とにかく害草が増えるので、草官は研究そっちのけで駆除にあたることが多い。

害草の被害に遭って身体の機能に不具合が生じた者や、年を取って体力が少なくなった者は研究所にこもって実験をしているが、セーネのような若い草官は駆除に積極的に招集される。

さらに配属されたばかりのセーネは施設に慣れるため、最初は雑用ばかりだったから本格的な研究には着手できていない状況だった。

そんな中、研究計画書を作っている折に新種を発見してしまう。

結果として、セーネの研究対象が新種に向くのも当然だ。既存の害草の研究よりも、新種の解明が優先される。また、新種の研究は発見者が優先的に行うというのは研究者たちの共通認識として存在した。よってセーネは練っていた研究計画を一旦保留し、まずは新種の研究に勤しむことに決めた。

それでも寒くなるまでは駆除に招集されるだろう。危険度が高いうえに遠くの場所にある害草駆除が回ってくるので時間がかかり、駆除に参加した日はもう研究できない。

——そんなある日のこと、セーネは時間のかかる実験をしようと思っていた。

内容は新種の成分分析で、一度装置に入れると側でずっと観察しつづける必要がある。しかも途中で止めることはできない。

長時間の実験となるため、セーネは事前に申請書を提出していた。実験室の前に「成分分析中」の札もかけたし、これで今日は駆除に招集されることはない。

ちなみに侯爵家の使用人にも帰りが遅くなると伝えている。

成分を分析することで今後の実験の方針が決まるといっても過言ではない。セーネはわくわくしながら実験室で器具の準備をしていた。

使うのは縦長の器具だ。まずは組み立てるところから始めるのだが、テーブルの上で組み立てていくと最上部がセーネの背ではぎりぎり届かない。

王都にも似たような器具があり、そのつもりで作業していたが、ラッチランドの器具は大きくて本格的だった。一人でも組み立てられると思っていたけれど、見積もりが甘かったらしい。もちろん、無理をするわけにはいかなかった。

（この器具は床で組み立てた後にテーブルの上に移すのは禁止、台の上に乗って作業するのも禁止。……となれば、私より背が高い人を呼んでくるしかないか）

セーネが実験室から廊下に出ると、ちょうど草官の男性が通りかかるところだった。彼は駆除が嫌いなようで、招集されるとなにかと理由をつけて断る。セーネはあまり会話をしたことがないが、駆除に参加しないぶん研究に尽力しているような男だった。

害草を原料とした画期的な薬をいくつか開発していて国に貢献しており、それもあって駆除に参加しなくても許されている雰囲気がある。

「すみません。少し実験を手伝ってもらいたいのですが、お時間はありますか？」

セーネが声をかけると彼は足を止めてくれた。

「ああ、君は新種を発見した子だね。……となると、その実験？」

「はい。成分の分析をしたいのですが、器具が大きくて背が届かないんです」

「わかった、協力しよう。新種の分析は僕も興味がある」

彼は喜んで実験室についてきてくれる。

セーネよりも背が高い彼は、手が届かなかった場所を手際よく組み立ててくれた。実験慣れしているのだろう。

「分析薬はどれを使うの？　この器具は五種類までだよ」

「予定している分析薬の一覧がこちらです」

「どれどれ。……うん、悪くはないけどひとつ変えてみない？　催淫系の新種だろう？　僕の経験からいうと、そういう害草の場合は……」

彼は簡潔に説明をしてくれる。さすが研究ばかりしているだけあって知識も経験もあり、勘も鋭かった。

セーネにはない観点の助言に感心してしまう。

「なるほど……！　では、教えていただいた分析薬に変更します」

「うん、それがいいと思う」

セーネは彼と一緒に準備をし、実験を開始した。

駆除作業も嫌いではないけれど、実験は実験の楽しさがある。分析は実験の中でも地味な部類だけれど、害草の本質を暴く作業でもあるので胸が弾んだ。

装置を動かしてから結果が出るまで時間がかかる。

その間、一緒にいた草官が実験のいろはを色々と教えてくれた。セーネは装置をこまめに観察しながら、彼の言葉をしっかり書きとめる。

「そんな裏技があるんですか？」

「そうだよ。最初に一手間加えるだけで三時間は短縮できる」

「すごいです」

草官が披露してくれる小技に盛り上がっていると実験室の扉がノックされた。

「はい、どうぞ」

返事をすると、中に入ってきたのはエルダリオンだった。セーネはもちろん、一緒にいた草官も彼の登場に驚いている。

「もしかして駆除の招集ですか？　今日は成分の分析を行っているので難しいです」

この研究所で彼がセーネに声をかけてくるときは高確率で駆除の招集だ。それを察してすぐに断る。この実験を途中で止めるわけにはいかないし、申請書も出しているので文句は言われないはずだ。

「僕はこの実験に関する申請書は提出していませんが、彼女では最上部に手が届かないようなので、万が一に備えて一緒にいます。申し訳ありませんが、駆除には行けません」

一緒にいた草官は堂々と答えた。いつも理由をつけて駆除招集をのらりくらり躱している彼なので、すぐに断り文句が出てくるのはさすがだ。しかも嘘はついていないし正当性がある。

セーネたちが二人揃って「駆除には行けない」と口にすると、エルダリオンが苦笑した。

「いや、駆除の招集ではないよ。新種の分析だろう？　俺も気になって顔を出したんだ。同席してもいいか？」

「ああ、侯爵様も新種発見時に一緒にいたんですよね」

草官は納得したように頷く。すると、エルダリオンはわざわざセーネの隣に座った。肩がくっつきそうなくらい距離が近い。

「分析薬はどの五種類だい？」

「これです」

「ふむ……。最後のこれは面白いね。どういう結果が出るか気になる。もしかして君の発案かい？」

「そうです！」

エルダリオンに褒められて、彼は嬉しそうに応える。

「先日、君の論文を読んだよ。素晴らしい出来だった」

その後もエルダリオンは彼をどんどん褒めた。セーネは装置の様子を見ながら黙って聞く。ひとしきり草官を褒めた後で、エルダリオンは「あっ」と声を上げた。なんとなく、わざとらしさを感じたけれど気のせいだろうか？

「そういえば、優秀な君に頼みたいことがあるんだが」

「なんでしょう？」

「今、第五実験室で大がかりな実験をしていてね。君はそちらを手伝ってくれないだろうか？」

「ああ……！　実は僕も最初はそちらの様子を見に行こうとしていたんです。その途中で彼女に声をかけられたのですが、第五実験室のほうは別に呼ばれていたわけでもないし、こちらを手伝おうかと」

今日大きな実験が行われることはセーネも知っていた。まさか、彼が最初はそちらに行こうとしていたとは。

「俺も先ほど顔を出してきたが、君が手伝ったほうがいいんじゃないか？　ほら、こちらはもう分析薬の助言はしたんだろう。だとすれば、今君の力を欲しているのは第五実験室のほうだ」

「しかし、彼女を一人にするわけには……」

分析装置は大きくてセーネの背では届かない。なにかあった際に対応できる者が同席するのは当然だ。第五実験室が気になろうと、彼は無責任に投げ出すことはしない。

すると、エルダリオンが言った。

「ここは俺が引き受けよう。俺も向こうの実験が気になっているんだが、俺がいると一部の研究員が緊張してしまうようでね。手際が悪いところもあったし、君が手伝ってあげてくれないか？」

「そういうことなら、わかりました」

この実験室に背が高い者がいれば問題がない。そう判断した彼は立ち上がり、部屋を出ていこうとする。セーネは慌てて声をかけた。

「あの、ありがとうございました」

「別にいいよ。分析結果、あとで教えてね」

彼はひらひらと手を振ると、颯爽と実験室を後にする。そして、部屋にはセーネとエルダリオンが残された。

（分析が終わるまで、少なく見積もってもあと二時間はかかる。それまで二人きりか……）

なんとなく気まずい。なにを話していいかわからない。

侯爵邸での食事も二人だが、メイドが同室している。駆除で二人きりになっても、害草に注意を払っているからエルダリオンを気にしている余裕はない。

しかし、今は地味な分析中だ。常に経過を観察する必要があるものの、比較的手持ち無沙汰な時間でもある。

セーネが落ち着かずにいると、彼のほうから話しかけてきた。

「ずいぶん彼と楽しそうに話していたようだね。外にまで聞こえてきたよ」

実験は危険を伴うものもあるので、なにかあった際に叫んで助けを求められるよう実験室の防音性は低い。だから大きな声で話していれば、当然廊下まで筒抜けだ。

「うるさかったですか？　申し訳ありません。そこまで大きな声を出したつもりはなかったのですが……」

「いや、声の大きさは常識の範囲内だった。扉の前に立ったところで、会話の内容までは聞き取れなかったからな。ただ、楽しそうな笑い声だけは耳に届いた」

「え？　扉の前……？」

エルダリオンはいったいなにを言っているのだろうか？　まさか、扉の前で中の会話を聞き取ろうとしたとでも言うのだろうか？

セーネが驚いていると、彼は言葉を続ける。

「それで、なにを話していたんだい？　教えてくれ」

にこやかな表情だけれど声に圧がある。ぞくりとして背筋を冷たいものが走り抜けた。

「実験の小技を教えてもらって、盛り上がっていました」

「ああ、彼は実験が大好きだから色々面白い知識を持っているだろう。俺もなるべく彼を駆除には誘わないようにしているよ。適材適所というものがあるからね」

エルダリオンはそう言いながら、テーブルの上に書類を広げている。ちらりと見えたそれは、害草に関わるものではなく侯爵領の経営にまつわるものだった。

そんな重要な書類をセーネの目の前で出した彼にぎょっとしてしまう。

「侯爵様。それはこんな場所で広げていいものなのでしょうか？」

「機密事項ではないし、俺の執事も見ている。まあ、誰彼かまわず見せるような書類でないことは確かだな。……俺の妻となる女性は別だが」

「……っ」

彼の台詞に息が止まりそうになる。

エルダリオンがなにを言おうとしているのかセーネはわかってしまった。逃げ出したくなるけれど、実験を放置するわけにはいかない。

セーネが硬直していると、彼は優しく声をかけてきた。

「君は俺と結婚したくないと言ったな？　俺はその気持ちを汲み取り、あの場で結婚を強制することはしなかった。だが、結婚したくないのはあの時点での感情だろう？　今後もそうとはかぎらない」

「えっ」

「結婚したくないいなら結構。俺が努力すればいいだけの話だ。君にとって俺はいい夫になると思うぞ」

そう伝えてきたエルダリオンは真剣な表情をしていた。

悔しいけれど、絆されそうになるくらいに顔がいい。これほど美しい顔の夫がいたら、さぞかし幸せだろうと思うけれど……。

「侯爵様は、なぜそれほどまでに私と結婚したいのですか？」

断っているにもかかわらず、なぜ諦めないのか知りたい。

（もしも、そこに私への気持ちがあるのなら……）

ほんの少し期待もあった。

エルダリオンも同じ思いならば拒絶する理由はない。セーネは彼を見つめる。

沈黙の後、彼は答えた。

「俺が君にしたのは男として当然責任を取るべき行為だからだ。君とは考えかたが違うようだが、乙女であった君にあんなことやこんなことまでしてしまったのは事実だろう。男として、そしてラッチランドの侯爵としての矜持にかけて、俺は責任を取る」

エルダリオンの回答にセーネは落胆した。ちょっとだけ期待してしまったから、余計に心が冷える。

（責任感……）

やはりエルダリオンの中で結婚したい理由は責任でしかないのだ。そんな結婚をしたところで、セーネは幸せになんてなれないのに。

セーネは双眸を眇める。感情のこもっていない冷たい眼差しを彼に向けた。

「時間の無駄だと思いますよ。私は絶対に侯爵様と結婚をしたくないです」

「俺は努力する時間を無駄だとは思わない。ちなみに、今までの人生で努力を重ねてきたけれど、報われなかったことは一度もないよ」

セーネがそっけない態度を取ってもエルダリオンは飄々と答える。しかも自信満々だ。

心の中がもやもやするが、今は実験中なので感情に左右されるわけにはいかない。彼と対峙しながらちらちらと装置を確認していると、反応が見られる。

「第二房の薬液に変化が……！」

「ん？　なるほど、この反応は……」

先ほどの会話とは打って変わって、即座に研究者のやりとりに切り替わる。その後は彼も口説いてくるようなそぶりを見せず、無事に実験が終わった。

◆　◆　◆　◆

――気がつけば、常にエルダリオンが側にいる。

彼に招集された害草駆除はもちろん、研究所内でも彼は人目を気にせずセーネに接触してきた。

特にセーネが男性の草官と話していると、決まって割りこんでくる。

草官は研究熱心で色恋沙汰に疎い男性が多いが、エルダリオンの態度があからさまなので薄々勘付いているようだ。

セーネが実験を手伝ってほしいと声をかけても断られ、なぜかエルダリオンが現れる。誰かがわざわざ報告しているようで、彼も都合をつけてやってくるのだ。

表立って「付き合ってるのか？」「いつ結婚するんだ？」と聞いてくる者はいないけれど、エルダリオンと一緒にいると遠くから生温かい眼差しを向けられた。

じりじり追い詰められている気がして、セーネはまいってしまう。

（嫌いな相手ならともかく、好きだからこそ余計につらい）

悶々と考えてしまい夜もよく眠れなくなったセーネは、女性の先輩に相談することにした。先輩も家庭があるのに、わざわざ休日に時間を作ってくれる。

「せっかくの休みに申し訳ありません」

街でも女性に人気のある喫茶店でセーネは頭を下げた。

「気にしなくていいのよ。相談って侯爵様のことよね？」

「そうなんです」

セーネは今までエルダリオンとの間にあったことを順を追って話す。すべてを聞き終えると、先輩は眉根を寄せた。

「そうよね……。私たちみたいな女性の草官って結婚しなくてもやっていけるし、仕事が趣味みたいなものだから、結婚には純粋に愛情を求めちゃうわよね」

「そうなんです！」

共感してくれたことが嬉しくて、勢いよく頷く。

「愛のない結婚なんて意味ないもの。一人だって毎日が充実してるわよね。セーネが自分の家庭を持つことに価値を見出しているなら話は別だけど、そうでもないんでしょう？」

「はい。子供の頃は温かい家庭を持つことが夢でしたけど、両親が害草病を患ってから考えが変わりました。薬のおかげで運よく助かりましたが、そのときから私は自分が幸せな家庭を作ることよりも、他の幸せな家庭を守りたいという考えになったのです」

ラッチランド侯爵領の薬のおかげでセーネの両親は助かり、今は元気だ。それでも、害草のせいで命を落としてしまった者をたくさん見ている。特に、小さい子供の葬式なんて悲壮すぎた。悲しい思いをする人を少しでも減らしたい。害草を駆除し、特効薬を作りたい。それは草官しかできないことなのだ。

「もちろん、私だって幸せな家庭を作れるなら嬉しいです。でも、私が幸せな家庭に求める条件はお金でも安定でもなく、私を愛してくれることなんです」

「そうよね。お金も社会的な地位もあるから持ってないものを求めるのよね。私も夫じゃなければ結婚はしなかったわ」

先輩は大恋愛の末に結婚したと聞いたことがある。それはもう幸せそうだ。

「私は本当は侯爵様を好きなんです。だからこそ、責任感で結婚されるのが嫌すぎて。夫婦になっても絶対に幸せだと思えないです」

「それでいいと思うわよ。諦めないのは向こうの勝手だし、セーネが気にすることじゃないわ。でも、断りつづけるのもそれはそれで精神的疲労が溜まるのよね」

「そうなんです。最近は男性の草官が侯爵様に気を遣って必要最低限しか接触してこなくて、その空気感も嫌なんです」

「セーネに近づく男を侯爵様が牽制しているものねぇ……。あからさますぎて、鈍い男性陣でも気付くくらいだし」

可哀想にと先輩が同情の溜め息をつく。

「仕事は好きなんですけど、夜、一人になると気持ちがもやもやして……。侯爵様の心変わりを待つ以外に解決方法がないのはわかっているのですが」

「うんうん。だからこそ、こうして話して発散したいわよね」

「そうなんです！」

エルダリオンに諦めてもらうしか解決方法はない。しかし、彼はなかなか引いてくれない。せめて少しでも心を軽くしようと、こうして誰かに話を聞いてもらっているのだ。共感してもらえるだけで胸が軽くなる。

「そういえば、もう特別休暇は申請したの？　もうすぐ期限でしょう？」

「あっ」

セーネは声を上げた。ここ最近、衝撃的なことが立て続けに起きたせいで、特別休暇の存在をすっかり忘れていたのだ。

「せっかくだから一人で温泉でも行ってゆっくりしてきなさいよ。侯爵様もあなたが側にいるからムキになっているだけで、離れてみたら意外と冷静になるかもしれないわ」

「なるほど……！」

確かに元凶のセーネを見ない時間が続けば、「そこまでして責任を取る必要もないか」とエルダリオンの考えが変わるかもしれない。

最近はずっと彼が側にいるので物理的に離れたかった。特別休暇で旅行に出てしまえば追ってこられないだろう。

「そうと決まれば、すぐに手配するべきね。旅行の斡旋をしているお店が近くにあったはずよ。私もお店に付き合うから、行きましょう」

「いいんですか？　でも、まずは上長に休暇を申請して日付を決めないと」

「期限ぎりぎりだからどの日付でも大丈夫よ！　むしろ、特別休暇を取らせないと査定が下がるから上長だってありがたがるわ。それに、あなたの上長は私と同期だから、侯爵様に事前にばれないようにしてって私がうまく言ってあげる」

「ありがとうございます！」

とにかく、今のエルダリオンの勢いが怖い。特別休暇の情報が漏れたら一緒についてきそうだ。

その対策もできるなら、願ったり叶ったりである。

「どこにしようかしらね。私は行ったことがないんだけど、最近噂になっている観光地で気になっている場所があるの。一人旅専門の場所らしいわ。評判もいいみたいだから、セーネもそこに行ってきたら？　田舎のほうだし、運がよければ新種が見つかるかもしれないわよ」

「はい！」

その後二人は喫茶店を出て、馬車や宿の手配をする。ラッチランドは観光業に力を入れているので簡単に終わった。各観光地には伝書鳩ですぐに情報を飛ばせるのだ。

翌日、先輩の協力のもとで特別休暇申請書を作成して上長に提出をする。上長から見ても最近のエルダリオンの行動は目にあまるものがあったらしく、セーネに協力してくれることになった。

少し前まで特別休暇はいらないと思っていたが、今はとても楽しみに思える。

そんなわけで、心なしか笑顔が増えた。浮かれていたからか、エルダリオンから粘ついた視線を向けられていたことにセーネは気付かなかった――。

第五章

計画してから早数日、特別休暇の日が訪れた。特別休暇は十日間で、そのうち一週間を観光地で過ごす予定だ。

絶対にエルダリオンにばれないように細心の注意を払いながら日々を過ごす。いい機会なので、服も下着も一式新しいものを揃えた。鞄も購入し、旅行の荷物一式は女性の先輩に預けている。

そして休暇当日、セーネはいつも通り草官の制服に袖を通して研究所に出勤した。部屋には置き手紙を残してあり、一週間ほど特別休暇で不在にすると書いてある。掃除のメイドが見つけてくれるだろう。

研究所で先輩に合流すると、そのまま街へと馬車で向かう。表向きは「先輩が体調を崩したので、家まで送っていく」というもの。

現時点でセーネが特別休暇を取るのを知っているのは直属の上長と先輩だけである。二人の協力のおかげで、セーネは怪しまれることなく街まで移動できた。

到着すると、まずは先輩の家で草官の制服から着替えさせてもらう。先日購入したばかりのワンピースだ。普段はひらひらした服を着ないので、なんだか新鮮な気分である。

それから遠方に向かう馬車に乗った。

「行ってらっしゃい。一週間、のんびり羽を伸ばしてくるといいわ」

「はい！　ありがとうございます、先輩。お土産買ってきますね！」

先輩に見送られてセーネは出発する。

ここ最近、なにかにつけてエルダリオンが側にいた。休暇の間、その状況から解放されることがとても嬉しい。

彼に優しくされたところで、「責任感ゆえの行動だ」と冷めた目で見てしまい、素直に喜べなかった。むしろ、そこまでの責任感を抱かせてしまい申し訳ない気持ちである。

とにかく最近はなにかと気分が沈んでいたから、一週間は気楽に過ごせるだろう。

(もちろん、この一週間だって侯爵様のことを考えちゃうだろうけど、本人が側にいないだけでぜんぜん違う)

一人になったところで、彼のことを思い悩む。それでも、エルダリオンという存在が側にいないだけで心が楽になるのだ。

エルダリオンもセーネがいない間に冷静になって考え直してほしい。

なにも告げず、逃げるように特別休暇を取ったのだ。しかも、それに協力した人間がいる。彼は諦めが悪いけれど、察しの悪い男ではない。一連の流れの根底にあるものを察して、自分の行いを省みるだろう。

（一週間後、また会ったときにはお互いにいい精神状態でいられるといいな）

出発早々、セーネはさっそくエルダリオンのことを考えながら馬車に揺られて流れる景色を眺める。

乗合馬車には他にも旅行客らしき人たちがいた。話を聞けば、腰を悪くして湯治に行く者、新婚旅行の者など様々だ。

ラッチランドで経済が回るのは大変素晴らしいことである。領民の生活が守られ、領地がもっと豊かになるように、草官として邁進しようとセーネは心に誓った。

そして馬車を乗り継ぎ、夜には目的の村に到着する。

一日で移動できるのだから、研究所からはそれほど離れていない。それでもいい具合に田舎であり、最近観光地として整備し始めたばかりの場所なので、とても穴場だった。

馬車から降りると、宿の主人が村の入り口まで迎えに来てくれている。

「ようこそいらっしゃいました。お疲れでしょう。お荷物お持ちします」

案内されて宿に向かう。

歩きながら周囲を見渡すと、とても素朴な村だった。栄えているわけでもなく、観光地と呼ぶにはほど遠い。ただ、村に湧いている温泉がとても肌にいいとのことで村おこしをしようと決めたそうだ。

まだ宿ぐらいしか設備が整っておらず、しばらくは『一人旅専門の観光地』として、都会で疲れた人がゆっくり休める場所として集客するらしい。

小さな村だからこそ、そこを売りにするとはよく考えたものだと感心してしまう。

「ここは、見たとおりなにもない村でして。侯爵様の統治のおかげで不自由なく暮らしていますが、刺激がなさすぎるのも問題なのです。村を出ていってしまう若者も多く、ならばこの村を魅力的な場所にしようと」

主人が色々と説明してくれる。

侯爵領には活気のある場所がいくつもある。有名な温泉地の宿はなかなか予約が取れず、いつも賑わっていた。

せっかくいい温泉があるのなら、自分たちの村も栄えさせたいと思うだろう。不自由なく暮らせていてもお金はあったほうがいいし、もっといい暮らしを望むのは人間として当然の欲である。

小さな村おこしから始まり、有名な観光地に成り上がる成功談は侯爵領内でいくつもある。この村もそれを目指しているのだろう。

今はまだ観光地らしからぬ殺風景さだけれど、だからこそお一人様向けを売りにしている。ここを選ぶような人は賑やかな場所より静かな場所で温泉を楽しみたいだろう。セーネも静かに過ごしたいからこの村を選んだ。

また、湯の泉質は場所によって違うので、肌にいいのなら女性に人気が出ると思う。

セーネが案内された宿は、まだできたばかりの真新しい建物だった。傷のついていない綺麗な柱を見て気分が高揚する。

「村おこしで観光地化する場合には、侯爵様から補助金が出るのです。そのお金でこの宿を作りました」

「そうなのですね」

古い宿も趣があるけれど、新しいのもいい。ぴかぴかの宿に泊まりたい人も多いだろうし、休暇が終わったらこの村のことを同僚たちに宣伝しようとセーネは思った。

受付をすませたセーネはさっそく温泉に入る。乳白色の湯はとろみがあり、気分の問題かもしれないけれど肌がすべすべになった気がした。熱めのお湯が心地よい。

「はーっ……」

セーネの他には客がおらず、広い湯殿を独り占めできた。長時間馬車に揺られて身体が硬くなっていたが、すっかり疲れが取れる。

温泉でさっぱりした後は食事だ。正直、侯爵邸の食事のほうが豪華だけれど、家庭料理のような素朴な料理は美味しい。洒落たものよりも、作り手の温もりを感じる料理がこの土地に合っている気がした。

食後は持ってきた害草の研究書を読みながらくつろぐ。やはり、害草研究は仕事であり心躍る趣味なのだ。

最近はよく駆除に駆り出されるために忙しく、なかなか本を読む時間が取れなかった。一週間、できるだけ多くの本を読み知識を仕入れたい。

セーネは読書を楽しんだ後にベッドに横になる。

(いつもなら同じ屋根の下に侯爵様がいるから、つい気にしちゃうけど、今日は解放された気分だな)

やはり物理的に距離を取るのは正解だった。心が軽くなる。

その日、セーネは久々に安眠できた。

翌日は村の中を散策した。

一週間もずっと宿にこもってだらだらしていたら体力が落ちてしまう。復帰直後に駆除で足手まといになるのは嫌なので、日の光を浴びて身体を動かすことは必要だ。

村のあちこちで柵や建物を作っている様子が見える。賑やかな観光地になるよう色々と開発中なのだろう。大人たちは皆忙しそうにしているけれど、子供たちは暢気に遊んでいた。その子供たちの首には揃いの銀の笛がぶら下がっている。

（あの笛は子供の中の流行りかな？　それとも村の風習かな？　大人はつけてないし、子供のお守りみたいなものとか）

色々と推測しながら遊んでいる様子を微笑ましく眺めていたが、結局笛を吹く様子はなかった。気になるものの、今すぐ子供に訊ねて答えを得るよりも自分なりに考察をしてから教えてもらうほうが楽しめる。

（あの笛がなんなのか、この村から帰る前にでも教えてもらおうかな）

そんなことを考えながら子供たちから離れると、柵を建てている人に声をかけてみた。

「こんにちは。ここはなにを作っていらっしゃるのですか？」

「花壇を作ろうと思ってるんだ。綺麗な花が咲いていたら、それだけで嬉しくなるだろう」

「まあ、それは素敵ですね」

観光地にはちょっと変わった像が飾ってあったりする。奇抜な芸術品はかえって人気がでるとも聞いたことがあった。

けれど、花のように素朴なものを強みにするのはこの村の雰囲気に合っている気がする。ラッチランドの中心街から一日で移動でき、都会の喧噪から解放された落ち着いた温泉地は素敵だと思う。

セーネはぐるりと村を一周した。そうしながらも、ついつい害草がないか探してしまう。

（この辺りは滅多に害草発見報告がない。たまたま生えにくい土地なのか、それとも知識不足で害草だと気付かれないのか……）

前者ならいいけれど、後者なら大変だ。セーネが滞在している間に見極める必要がある。

もしかしたら、新種のために判別できていない害草があるかもしれない。

（踏み慣らされた土……つまり、村の中は生えにくいだろうし、明日は村の外を散策してみようかな）

そんなことを考えて、セーネは二日目をまったりと過ごした。


三日目は気持ちのいい晴天だった。

エルダリオンのことはなにひとつ解決していないけれど、心がみるみる元気になっていくのを感じる。

それでも、彼を好きだという思いは消えなかった。ふとした瞬間――それこそ、薄桃色の指先を見るたびに彼の姿が脳裏をよぎる。

もしエルダリオンがセーネとの結婚を諦め、その後に他の女性と結婚したら、それはそれで傷つくだろう。身勝手だと思う。

ただ、彼が他の女性と結婚するよりもセーネと結婚したほうがより傷つき、苦しみ、つらくなることは明らかだ。

だからこそ、責任感だけで求婚してくるエルダリオンの思いには応えられない。

彼と結婚した場合と、結婚しなかった場合の自分の一生を想像したとき、結婚しないほうが幸せだとセーネは判断した。

(先輩だって私に共感してくれた。結婚するなら絶対に愛は必要。私にとって、愛のない結婚は価値がない)

セーネは確たる答えを見つける。

願わくば、セーネと離れたエルダリオンには冷静に考え直してほしい。せめて今後は男性草官をあからさまに牽制したり、常にセーネの側にいたりしないでもらいたかった。周囲の男性に気を遣われて仕事がやりにくいのだ。

大分気持ちが落ち着いたセーネは、今日は村の外を見て回ろうと思った。村から出た場所に害草が生えているかもしれない。

村の敷地は背の高い柵でぐるりと囲まれていた。鹿や猪が多い田舎の地方だと、畑への被害を防ぐために柵を立てている村も多い。

(ずいぶんと頑丈そうな柵だな。ここまでの柵じゃないと害獣に壊されちゃうのかも)

立派な柵を眺めつつ村の出入り口に向かうと、木の門は閉まっていた。このままでは外に出られない。

（そうか、出入り口もちゃんと閉めておかないといけないよね。村の人に声をかけて開けてもらおう……って、あれ？）

若い女性が出入り口の近くの柵にもたれるようにして座っていた。とても綺麗な女性だけれど、どこか覇気がない。

「どうしました？　体調が悪いのですか？」

セーネは慌てて駆け寄った。彼女は顔を上げるものの、目の焦点があっていない。髪の毛に艶はなく、よく見ると口の端からは涎が流れている。

あからさまに異常な雰囲気の彼女におののくと、ふと甘い匂いが鼻に届いた。

普通なら香水と間違うだろう。しかし、草官であるセーネにはわかる。

（この匂い……！）

それは、キツネ草という害草の匂いだ。

キツネ草は七等級。キツネの尾のようなふわふわした穂を実らせるので、その名がつけられた。危険度は低いものの、葉を乾燥させて粉にすると麻薬ができる。その麻薬が厄介で、いぶして煙を吸うと気分が高揚した。

その成分は依存性が非常に高く、一回だけならまだしも吸う回数を重ねるうちにキツネ草なしではいられなくなってしまう。吸いつづけると最終的には廃人になり、死に至るものだ。

ちなみにキツネ草の花は猛毒で間違って口にすると即死する。だからこそ八等級ではなく七等級の分類だ。

キツネ草のよって作られた麻薬は、短期間で大量に吸わなければ日常生活に支障はない。たまに吸うだけなら一時的に気分がよくなる程度ですむ。

しかし人間は欲望に弱い。快楽が忘れられず、手に届く場所にキツネ草があれば我慢できずに吸ってしまう。簡単に廃人のできあがりだ。

キツネ草には色々な使い道があると、裏社会では人気がある。

だからこそ国内でも厳しく取り締まられていた。

害草の栽培は草官しか許されていないし、栽培場所も定められている。草官以外が勝手に害草を栽培していたら重罪だ。

その中でも、キツネ草の栽培は発覚した場合、死刑である。これも国の秩序を守るためだ。そのくらい危険視されている。

そして、キツネ草とその中毒者は独特の甘い匂いがした。草官は研修期間にその匂いを覚えさせられる。害草の駆除はもちろん、国を滅ぼしかねない害草由来の麻薬の撲滅も草官の重要な仕事だ。見つけたらすぐに報告できるよう、徹底的に教育される。

だからセーネは目の前にいる女性がキツネ草の中毒者だとわかった。しかも、かなり末期だ。このままでは死んでしまう。

（今から間に合うかわからないけれど、研究所に連れていくしかない。今すぐここを出たいけど、次の馬車が来るのはあと四日後……！）

もっと栄えている観光地ならともかく、まだまだ小さいこの村は街方面への馬車が来るのは一週間に一度だけ。

（馬を借りるにしても、この状態の人を乗せて長距離を走らせるのは私には無理。誰か、この村の人にお願いして街まで運んでもらうしか……って、あれ？）

そこでセーネは気付く。

――この村の人は、彼女がキツネ草の中毒者だと知っているのだろうか？

甘い匂いに気付かなくても、彼女はどう見ても異常な状態だ。それに、こんな田舎の村でキツネ草を吸っていたら気付かれそうなものである。

それなのに、彼女は放置されているようだ。

（これは、まさか……）

最悪の想像が脳裏をよぎる。頑丈すぎる柵が鉄格子のように思えてしまった。もしかしてと出入り口の門をよく見ると、なんと鉄の鍵がかかっている。

（普通、村の出入り口って誰でも出入りできるように閂《かんぬき》にしているんじゃないかしら？　なんでこんな鍵をかけているの？　村人全員が鍵を持っているとは考えづらいし、そもそもここは閉鎖的な村じゃなくて、観光地だよね？　どうしてこんな……）

考えれば考えるほど嫌な予感がして、戦慄が身体を駆け巡る。固まっていると、背後から声をかけられた。

「あっ、お客さん！　どうしました？」

振り返ると宿の主人がいた。にこやかな表情をしているが、その目は笑っていない。

「この人の体調が悪そうで、どうしたのかと……」

セーネは慎重に言葉を選んだ。

「ああ、こいつね。気にしないでください。ちょっと酒の飲み過ぎでこうなっちゃってね、村のつまはじき者でして……。ほら、立て！」

主人は女性の腕を引っ張って立たせる。その瞬間、長袖がめくれて彼女の腕がちらりと見えた。骨と皮だけの痩せ細った腕は、キツネ草中毒者の典型的な特徴である。

「いやはや、本当にすみませんねぇ」

「い、いえ……」

主人は女性を引きずるようにして村の奥に消えた。彼女はどこに連れていかれるのだろうか？　気になるけれど、足が竦んで動けない。

（どう見てもお酒の中毒じゃない。そもそも、お酒の匂いなんてしなかった。じゃあ、あの主人は彼女がキツネ草の中毒者だって知ってる……？）

セーネはぐるりと村を見渡す。

色々と建設中だけれど、その中には窓がない建物があることに気付いた。まるで、見られたくないものを隠すかのように。

（もしかしてこの村、キツネ草を栽培してる？　気候的にキツネ草の栽培には適しているけど、それは考えすぎ？　だって、キツネ草の栽培なんて見つかったら即死刑だし、危険すぎる。しかも、温泉地として観光客を呼んでいるのに……）

たまたま中毒者がこの村に麻薬持参で一人旅にやってきて、どうしようもない状態に陥ったのかもしれない。観光地として村を大きくしたいから、醜聞を避けるためにどこにも報告せず、彼女を村に置いてあげている可能性もある。

ただ、その考えはしっくりこない。

（すぐにでもこの街を出たいけど、それは悪手な気がする。そして、私が草官であることも絶対にばれちゃ駄目だ）

わざわざ職業を言う必要がないので、セーネは自分が草官であることを誰にも伝えていない。うっかり口にしないでよかったと思う。

（最悪を想定して行動しないと。帰りの馬車が来るまで、ただの一人旅の女性だと思わせておいて、街に戻ったらすぐに上長に……いいえ、侯爵様に報告する。それが私にできること）

上長に報告するよりも、ラッチランドにおける害草関係のすべての権限を握るエルダリオンに直接伝えたほうが早く対応してくれるだろう。彼から逃げてこの地に来たのに、今はとても会いたい。

（この村のことは深入りしない、探らない。キツネ草も害草も探さない）

心の中で自分にそう言い聞かせる。

――しかし、夕食時に事件が起こった。

食事と一緒に甘い匂いがする酒が出たのだ。

キツネ草はいぶした煙を摂取するのが一番効くけれど、経口摂取でもそれなりに効果がある。

昔、どこかの菓子屋がケーキに微量のキツネ草を混ぜて売り出し、そのケーキの虜になった客が連日買い求めたという事件があったほどだ。菓子屋の主人は店を繁盛させたかっただけで、軽い中毒くらいなら大丈夫だと思っていたらしい。単純に儲けたいだけで悪意はなかったようだが、当然その店の関係者は全員死刑になった。

ちなみにその事件が発覚したのは、無自覚に中毒者になってしまった常連客たちが自我を抑えられず、店の定休日に「菓子をよこせ！」と勝手に店内に入ってしまったからだ。いくら菓子を食べたくなっても、閉まっている店に集団で押しかけるなど異常である。騒ぎを聞いた警邏兵が駆けつけ、店の中からキツネ草の白い粉が見つかった。

つまり、甘い匂いだけでは発覚しなかったのである。客の中に草官がいれば一発だったけれど、たまたまいなかった。菓子の匂いだから甘くて当然だし、普通の人ならまず気付かない。

(でも、私はわかる。食品に混ぜてもキツネ草の独特の匂いは消えない。このお酒、間違いなくキツネ草の成分が入ってる)

当然、セーネは酒の匂いに気付いた。

(お酒に入っているキツネ草を摂取してしまったら、この村のお酒が恋しくなって、きっとまた来たくなるはず。そういうやり口で、観光客を繰り返し呼ぼうとしているの?)

とんでもないことを考えるものだと、ぞっとした。菓子屋がやった手法をこの村が真似てもおかしくはない。

ここはのどかでいい村だと思う。賑やかすぎる観光地よりも、この静かな場所で骨を休めたい人だっているだろう。

地道に頑張れば報われるだろうに、安易に危険な害草に頼るなんて最低だ。

(とりあえず、このお酒は飲めない)

セーネは酒を残す。それ以外の食事は特別おかしな匂いはしなかったので、とりあえず食べた。キツネ草は微量でも混入していれば必ず匂うから大丈夫だ。

万が一、キツネ草を経口摂取しても研究所に戻れば初期段階なら対処できる。

(だからといって、入っているとわかっているのに口にするのは避けたい)

食事が終わり宿の主人が皿を下げる際、声をかけられた。

「あれ？　お酒は飲まなかったんですか？　有名なお酒なんですよ」

わざわざ指摘してくるなんて、この酒を飲むか否かよほど気にしていたのだろう。

「昼間、お酒の飲み過ぎで体調を崩した女性を見てしまったから、なんとなく飲む気分にはならなくて」

「……ああ、そういえばそうでしたね。気が利かなくてすみません」

主人は納得した様子で立ち去る。

うまく返せたとセーネは胸を撫で下ろした。

酒を飲まない理由としては真っ当だし、あの女性は酒の依存症だと信じていることを主張できる。

しかし、今後他のものにキツネ草が混入されたら、どう言い訳すればいいだろうか？　誤魔化せるだろうか？

（毎回、キツネ草の混入したものだけを避けたら、さすがに怪しまれそう）

草官だからこそ、キツネ草の怖さは知っている。進んで口にしたいとは思わない。そもそも、キツネ草だとわかっていて食べることは罪になる。

（食べずに草官だってばれるより、多少は食べて無事に研究所まで戻ることが優先。それはわかってるけど……）

これからのことを冷静に考えようとするものの、敵地に一人でいる怖さに指先が震える。村人全員を敵だとみなして間違いないだろう。

せっかくの旅なのに、セーネはもう楽しめそうになかった。


滞在四日目。あと三日で迎えの馬車が来る。

朝食はいたって普通で、セーネは安心してしまった。しかし、食事のたびに怯えるのは精神的負担が大きすぎる。

(村の中のお店で食べ物を買おうかな。美味しそうでつい買っちゃった、食べたから食事はいらないと言い訳しよう)

村人のための食品にキツネ草を混入させたりはしないだろう。セーネは村の中を散策し、食べ物を売っている店を探す。

昨夜、お酒にキツネ草を入れてきたということは、この村のどこかで栽培しているはずだ。こんな田舎で簡単に手に入る代物ではない。なにかのきっかけでキツネ草の種を手に入れ、栽培しているのだろう。

ただ、セーネは探すつもりがない。エルダリオンに報告すれば、騎士を連れてこの村を制圧するだろう。見つけておく必要はなく、無事に報告できるようになんとかやり過ごすのが最善だ。

セーネは食べ物を売っていそうな店がないか探しながら歩く。観光地を目指しているなら、そういう店がどこかにはあると思っていた。

しかし、あるのは民家だけ。店と思わしき建物はなかなか見つからない。

(ここはお店がなくても生活していけるの?)

小さな集落だと、わざわざ商売をせずに必要なものを互いに補いあって生活していると聞いたことがある。この村もその類かもしれない。

(観光地を目指すなら、お店くらいあってもいいのに)

そんなことを考えながら、なんとなく歩いていく。するとセーネは窓のない木造の小屋の前にたどり着いてしまった。

「……!」

小屋から漂う不穏な気配に硬直する。

この中でキツネ草を栽培しているのか、はたまた保管しているのか。キツネ草は粉にしないかぎり強い匂いを発しないので、匂いでは判別できないけれど、とにかく異様な雰囲気がした。

(気付かなかったふりをして戻ろう)

セーネは踵を返そうとしたが、小屋の中から女性の声がした。

「助けて……」

「……っ！」

早くこの場から立ち去りたいのに足が動かない。硬直していると、カリカリとなにかを引っかく音がする。

(小屋の内側から壁に爪を立てている？　……キツネ草の禁断症状だ！)

重度の中毒者は、長時間キツネ草を摂取しないと禁断症状を起こす。暴れ回る者もいれば、ひたすら壁を爪で引っかく者もいた。様々な事象をセーネは知っている。

(この小屋の中に、昨日の女性がいるのかも)

セーネは迷った。

女性がいたところで、今のセーネにはなにもできない。それでも、助けを求める声に心が揺らぐ。

(治療はできないけど、楽になる方法ならある)

セーネの鞄の中には財布と草官の身分証の他に小瓶が入っていた。

害草の毒に効果がある薬で、一時的に毒の効力を弱める。様々な種類の毒に効くが、催淫系には効かないし治療する類のものではない。すぐに薬を準備できないときの気休めのようなものだ。

そして、この薬はキツネ草にも効果があった。飲めば数時間だけ強制的に眠らせ苦痛を緩和することができる。

一時しのぎでしかなく、目が覚めればまた苦しむことになるだろう。なんの解決にもならないが、今苦しんでいる人にしてみれば数時間の安らぎは必要なものかもしれない。

(でも、この人と接触したところを見られたら……)

助けを求める声を聞かなかったことにして立ち去るのが一番いい。

そんなことはわかっているのに、繰り返し聞こえる「助けて、苦しい……」という言葉が胸をしめつけてくる。必死になって絞り出したような、命の叫びだった。

(……そう、私は善良な観光客。助けてって聞こえたんだもの。様子を見るのはおかしくない)

万が一に見つかった場合の言い訳が脳裏に浮かんでしまえば、もう動くしかなかった。

ガリガリと引っかかれている壁越しに声をかける。

「どうしました？　なにか、ありましたか？」

わざと大声を出すことで、周囲に人がいればおびき出せると思った。しかし、辺りには人の気配がない。

「うぅ……助けて……お願い……」

どんどんと壁を叩く音がする。

「待ってください。今、そちらに行きますね」

セーネは小屋の扉に向かう。鍵がかけられていたら打つ手がないけれど、錠前はない。

そのかわり閂がかけられており、中から外に出られないようになっていた。

横木を抜けば誰でも簡単に開けられるようになっていて、その状態であることに逆に違和感を覚えた。

(窓も作らないくらい中身を見られたくない小屋なのに、簡単に開けられるようになってるのはなんで？　それに、村の出入り口のほうが厳重に施錠されていた)

頭の中で警鐘《けいしょう》が鳴る。このまま逃げたほうがいいのではないだろうか？

閂を前にして立ちすくんでいると、扉を叩く音が聞こえた。

「出して……お願い。苦しいの……」

中にいる女性は開けてもらえると思って扉の前まで移動してきたのだ。希望を持たせておいて、このまま立ち去るのは鬼畜すぎる。

(……っ、大丈夫。私は助けを求める声を聞いて、深く考えずに扉を開けてしまったただの観光客。どうせ、この中にはあの女の人しかいない。見られて困るものなんて、こんな場所に置かないはず)

セーネは震える手で横木を抜き扉を開けた。すると――。

「え……」

中から昨日の女性が出てくる。しかし、服を着ていない。壁を引っかいていたからか、爪が半分ほど剝がれて指先から血が流れていた。

彼女の内腿は白濁液で汚れている。この裸の女性になにがあったのか、セーネもすぐに気付いてしまった。

「あぁ……あ……」

女性は全裸のまま地面に倒れる。

「大丈夫ですか？」

慌てて助け起こしたセーネがふと顔を上げると、小屋の中身が見えてしまった。そこには乾燥したキツネ草の葉が大量に積まれていたのである。

「な……」

たまたま見つけたキツネ草の葉を乾燥させましたという程度ではない。明らかに栽培している量だ。こんなものが見つかれば村人全員処罰される。子供は温情があるかもしれないが、大人は間違いなく死刑だろう。

観光客を誘致しているのに、鍵もかけていない小屋にキツネ草を入れておくのはありえないし、ましてやそこに中毒者の女性を閉じこめるなんておかしい。キツネ草を混入した酒を出してくるだけでも相当悪辣な村だし、村人たちの思考回路がまったく理解できなかった。

キツネ草を極秘に栽培し売りさばく闇の人間がいることは知っている。その者たちは絶対に見つからないように隠しているから、こんな杜撰な管理をしていることに驚きだ。

大量のキツネ草の葉を見てしまったことに動揺しながら、セーネは女性に声をかける。

彼女は涎を垂らしながら「あう……あ」と呻いていた。

「大丈夫ですか、しっかりしてください。今、楽になる薬を……」

そう声をかけたところで甲高い笛の音が鳴った。はっとして顔を上げると、村の子供が細長い銀の笛を吹いている。

「いーけないいんだ！　その小屋の扉を開けちゃ駄目なんだぞ！」

男の子はそう言いながら、何度も笛を鳴らす。村の端まで響くような音だ。観光客がおかしな行動をしたら笛を鳴らすように教育されているのだろう。子供たちが笛をつけていた意味を知り、ぞっとする。

「あ……」

笛に呼ばれるように村の人が集まってきた。女性の姿はなく男性だけだ。

「あーあ。見られちゃったか」

「お客さーん。駄目でしょ、勝手に他人の小屋を開けちゃ。もしかして泥棒するつもりだった？」

「ち、違います。小屋の中から助けてって声が聞こえて、それで……」

ぞろぞろと集まってきた村人たちに囲まれる。

「どうする？」

「もう、煙吸わせるしかないだろ。この村から出すわけにはいかないし、この女がおかしくなったから代わりの女が欲しいって話をしてただろ？　そこそこ若いし、いいんじゃないか」

セーネは村人に腕を掴まれた。さらに、鞄を取り上げられる。

「ん？　おい、この姉ちゃん草官だぞ！」

鞄の中をあさった村人がセーネの身分証を取り出した。

「草官だと？　じゃあ、もしかして昨日の酒に気付いてたのか？」

宿の主人が声を荒くする。

「草官なら壊しちまうのはもったいないな。草の効率のいい育て方も知ってるだろうし」

「でも、危険じゃねえか？　逃げ出して密告されたら皆死刑だぞ」

「それでも、素人より玄人がいたほうが質のいい栽培ができるはずだ。売人だって、俺らの粉の質が悪いから高値で買ってくれないわけだろ？」

村人たちがセーネの処遇について議論を始める。

草官と知られたら大変なことになると思っていたけれど、今この状況においては自分の身分のおかげで光明が見えた。

とにかく、キツネ草を吸わされるのはまずい。

「きょ、協力します。私はキツネ草の恐ろしさを知っています。だから、キツネ草を吸うくらいなら皆さんに協力します」

セーネはとっさに助けを求めた。

草官としてあるまじき発言だ。それでも、ここで中毒者になるよりは、協力して村の信頼を得て隙を見て密告したい。栽培に関わればセーネも死刑を免れないけれど、中毒者になったところでどうせ死ぬ。

結末が同じなら、少しでも役に立てる形で死ぬべきだ。とりあえずはこの場を切り抜けて、危険な村が存在していると研究所に伝えなければ。

「おい……どうする？　姉ちゃんから提案してきたぞ」

「信用できるか？　俺は裏切られると思う」

「でも、キツネ草の怖さは知ってるだろうし……」

育てている側なら、この村人たちもキツネ草がいかに恐ろしい害草なのか把握しているはず。怖いから協力すると言うセーネの気持ちに多少なりとも共感できるだろう。

村人たちは、吸わせてしまえ、いやもったいないから利用しようと意見が割れている。

すると、宿の主人が手を上げた。

「吸わせるんじゃなく酒に混ぜて飲ませよう。ちょっといい気分になったところを犯せばいい。キツネ草を飲んでから犯《や》ると、そっちにはまっちまうからな。身体から堕として服従させるのがいい」

「あー、中毒にならない程度に与えつづけて、そのたびに犯るのか。名案じゃねえか」

村人たちが宿の主人の案に賛同しはじめる。

(性依存させるってこと?)

中毒者にされるという最悪の事態は免れたが、この状況はよろしくない。

それでも男たちに囲まれたセーネに逃げる術はなかった。

「じゃあ、宿に連れてくか」

「今、他の客はいないんだよな? 運がいい」

「順番どうする?」

セーネは引きずられるように宿まで連れていかれる。

草官として、害草駆除の際に不慮の事故で死ぬ覚悟はできていた。

だが、こうしてキツネ草を飲まされて犯される覚悟はない。しかも村人たちの話から察するに、一人二人ではなく大勢でセーネを犯そうとしている。

足下がおぼつかなくて転びそうになっても無理やり歩かされた。

(どうしよう……)

なす術がないことはセーネもわかっている。むしろ、中毒者にされないだけでもよかったと頭を切り替えるべきかもしれない。最悪は免れたのだ。

セーネはあっという間に宿に連れていかれた。逃げ出さないように、常に誰かがセーネを押さえている。

宿の主人が酒を準備しに行く中、思うのはエルダリオンのことだった。

(侯爵様……)

じわりと、目に涙の膜が張る。

彼から逃げてきたのに、今、彼に会いたい。なんて自分勝手なのだろうと思うけれど、それでも――エルダリオンに会いたいのだ。

「おい、先に脱がしておくか」

「えっ……」

セーネの服が強く引っ張られた。ボタンがはじけ飛び下着が露わになる。

静かに涙を零せば、宿の主人が酒を持ってきた。甘い匂いが鼻に届く。

「さあ、飲め。これを飲んだら、お前が草官として我々の味方になると信用してやる」

セーネの両手は拘束されたままで、唇にコップの縁を押し当てられた。コップが傾けられ、いよいよ飲まされそうになった瞬間――けたたましい笛の音が鳴り響く。

先ほど聞いた笛の音だ。しかし、ひとつではない。笛の音が何重にもなってうるさいくらいに響き渡る。

「な、なんだ?」

異常事態に主人は酒のコップを持ったまま立ち上がった。恐ろしいものが唇から離れてセーネは少しだけ安堵する。

とはいえ、この笛の音がなにを意味するかわからない。村の子供が全員で笛を吹いているように聞こえる。

その場にいた男たちがざわついていると、女の村人が宿にかけこんできた。

「大変だよ！　馬に乗った男が村に向かってきてる」

「ああ？　唐突に来たくなった観光客か？」

「それが、風貌が草侯爵みたいだって……！　黒髪に赤毛が混じってるなんて男、他にいないだろう？」

「……っ！」

セーネは目を瞠った。確かにそんな奇抜な髪を持つ男はエルダリオンしかいない。

（まさか、私を追ってきた……？）

そこまでして責任を取りたかったのかとエルダリオンの執念におののいてしまうが、これで助かるかもしれない。

「おい、どうする？」

「近くでなにかしらの害草が見つかったのかもしれない。草侯爵は暇さえあれば害草を探し回ってるんだろう？　適当にあしらおう」

村人たちはエルダリオンがセーネに会いに来たと思っていないらしい。確かに、領地で一番偉い人物が草官を追ってわざわざ僻地にまで足を運ぶとは思わないだろう。

当の本人であるセーネも彼がここに来ることを予想していなかった。

しかし、彼がこの村に来るのならば、十中八九間違いなく自分が目的だと思う。そんな予感がする。

「とりあえず、この女は隠そう」

セーネは乱れた服装のまま宿の奥に連れていかれた。客室ではなく、倉庫のような部屋に入れられる。逃げ出さないように縄で縛られ柱にくくりつけられた。

猿ぐつわを噛まされると、セーネを倉庫に残して村人たちは出ていく。見張りはいないけれど、縄できつく縛られているので逃げ出せそうにない。

(侯爵様はこの村に来る。でも、村人たちに追い返されるかもしれない)

たとえエルダリオンが現れても、助かると決まったわけではなかった。村人に巧妙に追い返される可能性も十分ある。一人旅の女性が旅先でいなくなるというのは、そう珍しい話ではない。

(侯爵様は私がこの村にいることがわかるかな……)

村人たちは一致団結してエルダリオンを追い返すだろう。彼が気付くよう祈るしかない。

(どうか、お願い……！)

助かるのか、それとも村人に取りこまれてしまうのか、セーネは人生の分水嶺にいる。

結末はセーネの行動で決まるのではなく、一人の男に委ねられていた。

　自分自身ではどうにもできないという事実がとてつもなく怖い。

　そもそも、エルダリオンがどうやってセーネがここにいると調べたのかわからない。観光斡旋業の商人にでも聞いたのだろうか？　顧客情報の守秘義務なんて、侯爵領の頂点に立つ彼の前では無意味だ。

（私はともかく、この村の違和感にさえ気付いてくれればいい。どこかでキツネ草の匂いを感じてほしい）

　この村のキツネ草の扱いはぞんざいだ。鍵のかからない小屋に葉をしまっていたし、今いるこの倉庫もキツネ草の粉がある。焦った村人たちがボロを出してくれないだろうか。

　倉庫にいるセーネにはなにもできず、他力本願しかない。

　ただ、酒を飲まされそうになったときとは違い、助かるかもしれないという希望が見えている。

　セーネがただひたすら祈っていると、なんだか宿の中が騒がしくなった。状況がいいほうに動いているのか、それとも悪いほうに動いているのか、それすらもわからない。

　うるさいくらいに心臓が高鳴り、胸がはちきれそうだ。緊張のあまり呼吸が浅くなり、冷たい汗が背筋を流れていく。頭も痛くなってきた。

　混乱しながらも必死に外の様子を窺う。すると、微かに声を拾えた。

「侯爵様！　今、この村に観光客はいないのです」

「この村で女性を下ろしたと馬車の御者から聞いているが？　ならば、彼女はどうした？」

宿の主人の声とエルダリオンの声だった。

（侯爵様……！）

セーネがこの村にいるのを調べたらしいエルダリオンは、村人に騙されることなく自分を探してくれているのだ。

希望側に天秤が傾いた。本当に助かるかもしれない。

聞こえてくる足音は荒い。エルダリオンは貴族らしく綺麗な所作で歩くのに、わざと床を踏みならしながら進んでいるように聞こえた。

そんなエルダリオンの足音が止まる。

「セーネ香がする」

「……っ？」

とんでもない単語が聞こえてきて、セーネは耳を疑った。

（セーネ香？　……え？　今、セーネ香って言った？）

それは確か、エルダリオンに抱かれたときに言われた言葉である。

セーネはすんすんと匂いを嗅いでみたけれど特に感じない。自分の体臭だから気にならないだけかもしれないが、それでも扉の外まで匂うとは考えられなかった。

（どういうこと？）

動揺していると、大きな足音がセーネのいる倉庫に向かってきた。

「侯爵様、待ってください！」

宿の主人の声もどんどん大きくなる。かなり焦ったような声色だ。

（とりあえず、侯爵様がこちらに向かっている？）

猿ぐつわのせいで言葉を発せない。しかし、くぐもった声を出すことはできた。

「んっ、んー！」

喉の奥を鳴らせばエルダリオンの声が聞こえてくる。

「セーネの声だ！」

それからわずか数秒後、「やめてください！」という悲鳴とともに倉庫の扉が開けられる。案の定ここの村人は杜撰で、鍵をかけていなかったようだ。

「……！」

薄暗い部屋に明かりが差す。それはまるで後光に見えた。

顔を上げたセーネと、扉を開けたエルダリオンの視線が交わる。

「セーネ……！」

セーネの服は乱れて下着が見えている。涙目で、猿ぐつわを噛まされて縄で縛られている状態だ。どう見ても普通ではない。

「あ、あの、これは……」

宿の主人が言い訳をしようとするが、なにを言っても無駄だろう。エルダリオンは腰に佩《は》いていた剣に手をかける。

（え？）

なぜそんな物騒なものを手に取るのだろうか。縄を切るつもりかもしれないけれど、怖いので普通に手で外してほしい。

セーネが不安げな眼差しでエルダリオンを見つめると、彼は表情ひとつ動かさないまま剣を抜く。

それは一瞬だった。彼が剣を払うと一陣の風でセーネの前髪がはらりと浮く。

次の瞬間、宿の主人の鼻と唇がなくなった。床にぺとりと肉片が落ちる。

草官であるセーネは、害草に殺された者の死体をたくさん見てきたし、中にはかなり酷い有様のものもあった。悲惨な死体を見るのがつらくて、せっかく国家試験に受かったのに草官を辞する者もいるくらいだ。

セーネは耐性があったようで、だからこそラッチランド研究所にまでやってこれた。

そんなセーネでも猟奇的な光景にひゅっと息を呑む。主人は死んでいないし、この程度なら命に別状はない。わかっていても痛そうだし衝撃的だ。

「ぐっ……」

顔を押さえて主人が膝をつく。指の隙間からどんどん血があふれ出て床を濡らした。

その主人の後ろで、ついてきていた村人たちが青ざめている。

エルダリオンは倉庫に入るとセーネを背にくるりと振り返り、主人や村人たちに言い放った。

「この倉庫にキツネ草由来の麻薬がある。そして栽培でも売買でもキツネ草に関わった者は基本的に死罪だ。本来なら裁判を開くが、このラッチランドでは害草に関する権限はすべて俺が握っている。つまり、俺が即座に死刑を執行できるというわけだ」

エルダリオンは剣を構えたまま村人たちを威圧する。

「今すぐに死にたくなければ両手を頭の後ろで組み、床に膝をつけ。少しでもおかしな動きをしたら殺す」

セーネに見えるのは彼の背中だけで、どんな表情をしているのかわからない。しかし、責められているわけではないセーネまで彼を恐ろしく感じた。全身が怖気立つ。

倉庫の外にいる村人のうち、何人かは大人しく従った。だが、体格のいい男数名はエルダリオンを睨んでいる。

「どうせ殺されるくらいなら、殺っちまおう。こいつ一人くらいなら倒せるだろう」

筋骨隆々の男がナイフを取り出した。その男に続いて武器を取り出す男たちが現れる。

（……！　武器を隠し持ってたんだ）

いくらなんでも、一人で複数を相手にできるのだろうか？　まさか村人が侯爵のエルダリオンに抵抗するとは予想もしておらず、はらはらする。

エルダリオンは剣を構えたまま倉庫の中で一歩進んだ。

「いくぞ！」

号令とともに村人たちが彼に襲いかかろうとする。

だが、エルダリオンは倉庫の中。そして、村人たちがいたのは倉庫の外の廊下だ。

倉庫の扉の幅は広いわけでもなく、一人ずつしか入って来られない。

つまり何人敵がいようが、エルダリオンと一対一で対峙することになるのだ。

しかも、至近距離まで近づかないと攻撃できないナイフと長さのある剣とでは、どちらが有利か一目瞭然である。

エルダリオンは真っ先に扉から入ってこようとした男の首を剣で貫いた。長剣の中程まで刺さると男の腹を蹴り飛ばす。

男の身体が後方に飛び、剣が抜けた。男は背中から倒れ、鮮血が虹のような弧を描く。

今後、エルダリオンに攻撃したいなら彼を踏みつけて倉庫に入ってくるしかない。

だが、誰も男に続こうとはしなかった。この一瞬でエルダリオンの実力がわかったのだろう。しんと静まりかえり、床に血だまりが広がっていく。

セーネは今まで彼が害草に向かい剣を振るう姿を見てきた。だが、人と戦う姿は初めて見る。その動きに無駄はなく、武芸に精通していないセーネでも彼がかなりの実力者だとわかった。

廊下にいる村人たちは青ざめている。一番体格のいい男があっさりとやられたのだ。戦意を削がれただろう。

「ひとつ言っておく。ラッチランドで俺は害草関係の権限を持ち、それは法律より上だ。つまり、死刑相当の罪を犯しても、俺の裁量次第ではどうにかなるということだ。……言っている意味がわかるか?」

そのエルダリオンの言葉に、武器を手にしていた男たちはそれを床に捨て降参した。セーネも彼の機転に感心してしまう。

(最初に強さを見せつけた後、助かるかもしれない道を示すなんて……! こんなことされたら従うしかない)

エルダリオンの頭のよさは知っていたけれど、すごすぎる。こんな状況にもかかわらずセーネは惚れ直してしまった。

強くて、格好よくて、知的で、それでいて危機的状況から助けてくれた。ときめかずにはいられない。

エルダリオンはこの場を制圧するとセーネの拘束を解いてくれた。その隙に村人が襲いかかってくるかもと心配になったが、誰一人として動かない。圧倒的な力の差を見せつけ

られたことで敵わないと判断したのだろう。また、倉庫に入るために仲間の遺体を踏むことに抵抗があったのかもしれない。

下手に動くよりも、大人しく従って死刑を回避する方向に舵を切ったようだ。

「大丈夫か？」

村人たちへの声とは打って変わって、とても優しい響きだった。

「ありがとうございます。助かりました」

「……うん、瞳孔が開いていない。セーネはキツネ草は摂取していないようだね」

セーネの顔を覗きこみ、エルダリオンが安堵の表情を浮かべる。

それから彼は村人を一箇所に集めた。女子供も平等に、だ。

さらに、村で飼っていた伝書鳩を飛ばす。有事の際に連絡が取れるよう、どの村でも伝書鳩を飼育する決まりになっているのだ。

伝書鳩には騎士を派遣するように手紙をつけたようで、夕方には大勢の騎士たちが馬に乗って現れた。馬車だと時間がかかる道のりでも、騎士が軍馬を使えば半分の時間で到着できるらしい。

村人全員を監獄に収容するのは現実的ではなく、まずはこの村全域を監視下に置くようだ。

――こうして、セーネの旅行は予想外のかたちで終わろうとしていた。

第六章

　旅先でとんでもない目に遭ったセーネは、とりあえず侯爵邸に帰ることになった。エルダリオンは調査をするので村に残るという。ここまで大量のキツネ草が見つかるのは前代未聞なので、現場を離れるわけにはいかないのだろう。

　助けられた直後は暢気に会話する時間などなく、村に騎士たちが駆けつけるまでの間にセーネは自分が見た出来事を話し、事務的なことだけ言葉を交わした。

　エルダリオンがなにを思って辺境の村までやってきたのか、結局聞けなかったのである。

（どうしても責任を取りたいってことなんだろうけど、どうせ休暇が終わったら会えるのに、わざわざあんな場所まで来るなんて。……そのおかげで助かったけど）

　特別休暇は十日間。まだ残っているので、セーネは侯爵邸で大人しく過ごすことにする。

……といっても、重要証人として村での出来事をまとめていた。中毒者の女性の状態も細かく記入する。彼女は助かっただろうか？

　そして特別休暇が始まって七日目――本来ならば旅行を終えて戻ってくるはずだったその日、エルダリオンが侯爵邸に帰ってきた。

　彼は忙しそうで、食事も別だし話しかけることもできない。どうしようかと思っていると、就寝前の時間に呼び出された。執事から言付けをもらうと、セーネはエルダリオンの部屋に急ぐ。

「失礼します」

　中に入ると、彼はソファに腰掛けたままなにかの資料を眺めていた。テーブルの上には大量の書類が積まれている。

「遅い時間にすまない。夜しか時間が取れなかった」

「いいえ！　ぜんぜん平気です」

「とりあえず、座ってくれ」

　エルダリオンに言われてセーネは彼の向かいに腰を下ろす。すると、彼は眉をひそめた。

「違う、隣に来てくれ」

「え？　……は、はい」

　隣に座ることに躊躇いつつ大人しく従う。彼は恩人だ。結婚はともかく、それ以外のことは言うとおりにしたい。

「君も関係者だから報告しておこう。あらかた方向性が決まった。あの村人たちには死刑ではなく別の方法で責任を取ってもらう」

「死刑ではないというと、どのような？」

「いわゆる治験だ。害草対策の薬を開発したところで、ラットだけではなく人間でも実験する必要がある。死刑よりはましだろう」

　ラッチランドにおいて、新薬の治験はかなりお金がもらえる仕事である。それ故、危険度が高い。死ぬ危険性もあるけれど、害草の被害が大きいこの土地において治験はなくてはならない仕事だった。新種とともに多様化する害草病に対抗する薬の開発は必要不可欠である。

　王都の賭博場で大敗して借金を作った者がラッチランドに治験に来るのも珍しくなかった。ちなみに、そういった者が五体満足で借金を返済できる確率は七割である。その確率が高いと思うのか低いと思うのか、それぞれの価値観次第だろう。

(命と生活の保証の対価としての治験か……。一番危険な薬が回ってくるんだろうな。でも、罪を犯したぶん国民の役に立ってもらわないと)

　セーネは危うくキツネ草を飲まされるところだった。同情するつもりはない。

　それに、今まであの村を旅行した者も知らないうちに被害に遭っていると思う。繰り返しあの村を訪れている者がいたら詳しく検査する必要があるだろう。……もっとも、エルダリオンならその辺りに抜かりはないだろうが。

「侯爵様、ありがとうございました。あの村に侯爵様が来てくださらなかったら、大変な目に遭うところでした」

「間に合ってよかった。君があれ以上の被害を受けていたら、俺は村人を皆殺しにしていたかもしれない」

さらりと言われて絶句する。

確かに、エルダリオンにはその権限があった。どう見ても村ぐるみの犯行だ。あの場で村人を殲滅しても、誰も彼を非難しないだろう。

「ところで、どうして侯爵様はあの村に？　……私を追ってきたのでしょうか？」

「そうだ。特別休暇はいつ取るのも自由だが、君が一人で旅に出たというから心配で行き先を調べてしまった」

「心配？　私、もういい年ですが」

セーネは二十四歳のいい大人だ。王都からラッチランドまでも一人で移動したし、心配されるような年齢ではない。

それに、観光業が盛んなラッチランドでは女性の一人旅だって珍しくないのだ。

「君と出会ったときのことを忘れたのか？　リコデル草を見つけた君は下着を路上にばら撒いて麻袋を被せただろう」

「な……！」

もしや、エルダリオンはセーネが下着を道にばら撒くような女性だと思っているのだろうか？　だとしたら、誤解されている。

「好きでばら撒いたわけではありません！　あのときは他に袋がなかったので、仕方なかったんです」

「草官として立派な行動だ。そして、また同じ状況になったら、君は躊躇いなく下着の入った麻袋を空にして使うだろう？」

「他に手持ちの袋がなければ、そうしますね」

当然のようにセーネは答えた。

下着を見られるのは当然恥ずかしい。それでも、害草対策を優先すべきである。

「ラッチランドの侯爵としてその行動を褒めるべきだが、一人の男として嫌なんだ。俺以外の男に下着を見せないでくれ！」

エルダリオンが切羽詰まったような表情で言ってくる。

「え……？　なぜです？」

わけがわからずセーネは小首を傾げた。すると、予想外の言葉が返ってくる。

「どんな状況であれ、好きな女性の下着を他の男に見せたくない。俺が独り占めしたい！」

「え？」

(好きな……女性？)

セーネは目を瞬かせた。彼は真剣な眼差しを向けてくる。

「……」

見つめあったまましばらく沈黙する。

セーネは動揺しながらも情報を頭の中で整理して、彼に問いかけた。

「侯爵様は、まさか私のことを好きなのですか？」

「当然だろう！　そうでなければ、君を追いかけてあんな場所まで行かない。俺がどれだけ忙しいか君だってわかっているだろう？　好きだから、君のために時間を使った」

「時間……」

時間は金で買えない。ラッチランドの侯爵として莫大な財を築いている彼にしてみれば、時間はとても貴重なものだ。草官として研究がしたいし、駆除にも精を出したいし、侯爵としての仕事もある。

そんな中、エルダリオンは貴重な時間をセーネのために使った。その事実は「好きだ」という理由に説得力を持たせる。

セーネも常日頃「もっと時間が欲しい」と思っているから、誰かのために時間を使うのがどれほどの意味を持つのか伝わってきた。

それでも、納得ができない。

「どうして私を好きなんですか？」

草官であり研究者でもあるセーネは疑問をとことん追及する。職業病だ。

好きというのが事実なら理由が知りたい。

（二人で一緒に害草を駆除するうちに恋が芽生えたとか……？）

そんな甘い理由を期待してしまう。しかし、現実は無情だった。

「クク草の駆除で君の乳房が露わになっただろう？　あの日以来、俺は君のことを考えて自慰をするようになった」

「……は？」

「男にとって自慰は必要な行為だ。疲れていると勝手に勃起するし、適度に射精しなければ睡眠中に大変なことになる。生理現象として定期的に陰茎を刺激し発散していた」

エルダリオンは淡々と男性の生理現象を説明する。異性であるセーネは深くは理解できないけれど、若い男性にとって自慰が必要な行為であることはうっすら知っていた。

「俺にとって自慰とは手で刺激を与えるだけの行為だ。その行為だけに時間を費やすのはもったいないから普段は文献を読みながらしていた。肉体的反応と思考回路は別のものだった。……あの日、君の乳房に触れるまでは」

「……」

「俺は初めて女性に興奮を覚えた。精神に依存して生殖器が反応する……普通の男だったら当然のことを俺は知ったのだ。それからというもの、君を考えて自慰をするようになった。文献を読みながら処理しようとしても、君のことが頭から離れない。それどころか自慰の回数も増えてしまった。物理的に刺激するだけでなく、そこに感情を乗せるだけであんなに気持ちよくなるとは……」

エルダリオンの口から語られるのは情緒的どころか意外と最低な理由で、セーネは引いてしまう。

「そうした日々を過ごしているうちに、君と一緒に過ごすことが楽しいと思えるようになった。君と話していると脈が速まり、体温が上昇する。ふとした瞬間に君のことを考えるようになり、爪用塗料の店では君のものを選んでいた」

ようやく話がまともになってきた。これだけを告げてくれればときめくことができたのにと思ってしまう。

むしろ自慰のくだりを話す必要はなかったと思うものの、論文を書き慣れている彼は細かい変化も包み隠さず説明するくせがついているのだろう。

「君に爪を塗ったとき……君の小さく柔らかな手に触れて思ったよ。俺は君に恋をしている、と。年を重ねてこの手がしわくちゃになっても握っていたいと感じた」

セーネは思わず息を呑む。

エルダリオンを好きだと認めたのは、そのときだ。

同じときに同じ思いを抱えていたのかと思うと、なんだか感動してしまう。

「そして俺が発情して苦しんでいたとき、君が部屋にやってきた。俺も自分での処理に限界を感じていたが、君を好きだからこそ、そんな理由で触れてはいけないと思った」

彼が双眸を細めた。

「それでも、君が駆除剤を使う覚悟で……俺を殺し、自分も死ぬ覚悟で部屋に来てくれたと聞き、俺にはもう君しかいないと思った。セーネが俺の運命の女性なのだと。順番は違えてしまうが、絶対に俺の伴侶にすると誓って君を抱いた」

「あんなに苦しそうだったのに、そこまで考えていたんですか？」

「そうだ。きっかけはともあれ、初めての行為だから君をよくしようと善処したつもりだ」

確かにあのとき、切羽詰まっていたわりに丁寧にほぐしてくれた。そこにあったのは配慮ではなく愛情だったのかと思うと嬉しくなる。

「そして君と肌を重ねたが、男女の関係を持ってしまった以上、結婚の理由として正当なものは男として責任を取ることだと思った。純潔を奪っておきながら、愛してるなんて感情で結婚を迫るのは違うだろう？　好きという個人的な思いではなく、一人の人間として責任を取るべき行為だと俺は考えていた」

エルダリオンはずっと責任という言葉を口にしていた。

セーネは傷ついていたけれど、まさかその裏にれっきとした恋情が存在していたとは。

「感情ではなく、責任を優先するのが私への誠意だったんですね」

セーネが問いかけると、彼は「当然だ」と答える。

（そうか……。侯爵様は研究者。自分の感情よりも、起きてしまった事象としかるべき対策を優先したんだわ）

実験には「こうなってほしい」という期待がつきものだけれど、実際の結果のみがすべてだ。それに、途中で異常事態が発生すれば「実験を続けたい」という欲を抑えて速やかに中止し、対処する。それが草官だ。

ただ責任を取りたいだけにしては異様な彼の執着が、すとんと胸に納まる。

「セーネを好きだからこそ筋を通したかったし、女性にとって純潔は大切なものだと思っていたから、結婚を断られるとは思っていなかったよ。俺は自分の地位に自惚れていたのかもしれない」

エルダリオンは苦笑した。

「絶対に結婚したくないんだろう？　君にとって俺は魅力的な男ではなかったんだな」

その声があまりにも寂しそうだったので、セーネは慌てて否定した。

「いいえ、侯爵様は素敵な殿方です。でも、侯爵様は私を好きでもないのに求婚しているのだと思っていました。そこに幸せな結婚生活は存在しないから断っていたんです。私にとって結婚というものは、お互いの愛情がなければ価値がないものなので」

「なるほど、互いの愛情か。俺は君を好きだから、あとは君に好きになってもらう努力をすればいいということか」

彼は頷く。獲物を見るような眼差しに射貫かれて、セーネはどきりとした。

今後、エルダリオンは『結婚を受け入れてもらう』ではなく、『自分に惚れさせる』ように行動を起こすつもりだろう。そんなことをされたらセーネの心臓が持たないし、そもそも気持ちは彼に向いている。

（い、今、自分の気持ちを言わないと……！）

色恋沙汰には疎いけれど、この瞬間に自分の気持ちを伝えなければならないとセーネは感じていた。

「侯爵様。本当は、私も……その、侯爵様のことが……」

緊張して言いよどんでしまう。

「セーネ……」

エルダリオンの瞳が期待に揺れた。この甘い雰囲気に、彼もセーネがなにを言おうとしているのか予想できているのかもしれない。

伝わっているならそれでよしとしてほしいけれど、彼は確実な証拠――セーネの言葉を静かに待っていた。不確かなものではなく、はっきりとした事実がなによりも重要である。

エルダリオンは請うような眼差しを向けてくる。彼のこんな表情は初めて見た。セーネは覚悟を決めて、はっきりと伝えた。

「私は侯爵様のことをお慕いしていました。好きだからこそ、私を好きではない侯爵様と結婚してもつらいだけだと考えたのです」

その言葉を聞いて彼の目が嬉しそうに弧を描く。

「本当か？　本当に俺を好きなのか？」

「はい」

「参考までに好きになった経緯を聞かせてくれ」

セーネ同様、彼も理由を追及したい性のようだ。納得したいのだろう。

「侯爵様と二人で行動することが多くなって、気になり始めました。侯爵様は格好いいので憧れのようなものかと思いましたが、爪を塗っていただいたときに好きだと実感しました」

「そうか。同じだな」

エルダリオンはセーネの手を取る。爪先の塗料はすっかり剝げていた。

「塗り直さなければな」

そう呟くと、指を絡められた。触れた部分がじんと熱くなる。

「確認させてくれ。君を好きな俺となら結婚してくれるのか？」

「はい」

「セーネ・ラギャ。君をセーネ・ラッチランドにして、名前も俺のものにしたい。すぐに俺の妻だとわかる状態にしておきたい」

求婚の言葉に甘さはなくて、いかにも名前にこだわる研究者のものだった。

ただ、とても彼らしいと思ってしまう。

「君を愛している俺と結婚してくれ」

きちんと「愛している」の部分を強調しながら言ったエルダリオンにセーネは微笑む。

「はい」

「ありがとう……！」

心底嬉しそうにエルダリオンは笑った。いつも凜々しい彼の少し子供っぽい表情にセーネの胸がときめく。なんだか、今日は彼の色々な顔を見ている気がした。嬉しくて指を絡めたまま見つめあう。

「セーネ。俺は……君を好きで、好きすぎて……」

「はい」

「勃起した。真面目な話をしていたはずなのに、自分でも驚いている」

「……はい？」

とんでもない告白にセーネは耳を疑った。先ほどまでの甘い雰囲気が、一気に生々しいものにすり替わる。

「人体とは不思議だ。性的興奮を覚えなくても、好きだという思いだけで身体が反応するなど……俺は人体についてまだまだ研究が足りないようだ」

エルダリオンはしみじみと呟く。

セーネは気になって彼の下半身に視線を向けた。そこは確かに膨らんでいて、下衣をきつそうに押し上げている。

「侯爵様。こちらは……どうするつもりですか？」

「そうだな。射精すれば収まるが……」

搦めた指先にぎゅっと力がこめられる。

「正直に告白すると君を抱きたい。君が俺を好きだというのが嬉しくて、結婚できるのが幸せすぎて、心が求めるまま君に触れたい。しかし、この勃起はとりあえず放置しても健康被害はない。まだ夫婦でないのだし、勃起したからといって君を抱く理由にはならない」

エルダリオンの目には劣情が灯っている。それでも性欲に負けることなく、正直に気持ちを伝えた上で婚前交渉に戸惑いを見せた。

とことん真面目な男性だと思う。

「でも、キスはしたい。口づけてもいいかい？」

そう問われて、セーネは頷き目を閉じた。彼の顔が近づいてくる気配がして、そっと唇が重なる。

「ん……っ」

触れるだけの優しいキスだった。

彼とのキスは初めてではない。前にしたときは両思いだと知らなかったので、キスを特別なものに感じなかった。だから、思いあう相手と唇を重ねているのだと実感できた今、とても胸が熱くなる。

「はぁ……っ」

角度を変えて何度も唇を合わせる。下唇を食まれると、唇の裏のぬめついた粘膜の感触にぞくりとした。

キスが深くなり水音が響く。

「セーネ……！」

名前を呼んでからエルダリオンの舌が侵入してきた。それと同時に背中に手を回され、強く抱きしめられる。冷たい舌がセーネの口内をぐるりと掻き回し、キスが激しくなっていった。舌を搦め捕られ、貪られる。

情熱的な口づけだ。

「んっ……ふ、はぁ……」

抱きしめる手に力がこめられ身体が密着すると、下腹部に彼の昂ぶりを感じた。硬い。そして、とても大きい。

キスに翻弄されながらも、セーネは下腹部の感触が気になってしまう。

(私を思ってこうなってるんだ……)

お腹の奥がむずむずして軽く腰をよじらせた。その動きがエルダリオンを刺激してしまったようで、口の中で彼の舌がぴくりと跳ねる。

「ン……!」

まるでセーネに擦りつけるように彼の腰も揺れた。お互いに服を着ているし、抱き合ってキスしているだけなのに、とてもいやらしい行為をしている気分になる。

互いの腰が密着しながら揺れて、衣擦れの音が響いた。

「セ、セーネ……!　これ以上は、ッ、駄目だ……」

顔を離した彼が掠れた声で告げてくる。お互いの唇を紡いだ糸がたわんで切れる様子がとても扇情的だった。

身体がどうしようもなく熱くなり、腰が疼く。

「ずっとキスしていたいけれど、それ以上を望んでしまう」

エルダリオンの目には劣情と欲望が滲んでいた。

「私はキスだけでなく、もっと侯爵様に触れてもらいたいです」

セーネは正直に自分の気持ちを伝える。

「……！　それは……今すぐ君を抱いてもいいのか？」

「はい」

「抱くというのは単純に抱きしめるだけでなく、性的交渉をするという意味だぞ？」

そういう雰囲気だったのにしっかりと確認されて、セーネは思わず苦笑する。

「はい、わかっています」

誤解がないように答えた。すると、彼はソファから立ってセーネを抱き上げる。

「わっ」

横抱きでベッドまで運ばれた。ベッドの上に乗せられて、彼が覆い被さってくる。

(今からまた、そういうことをするんだ……)

あの日と同じベッドだ。過去を思い返してしまい余計にそわそわしてしまう。

彼の顔が近づいてきたので目を閉じれば、唇を重ねられた。抱きしめられてキスするよりも、上からキスされるほうが強く貪られる気がする。

「っ……ん、は」

激しいキスに息苦しさを覚えて顔を横にずらそうとすると、大きな手に両頬を包まれて固定された。獰猛な口づけから逃げられず、ひたすら受け入れるしかない。

「はぁっ、はぁ……ふ、っん……」

キスだけで涙目になってしまう。

ようやく彼の唇が離れると、ぎらついた雄の目に見つめられた。

「はぁ……っ、セーネ……」

呼吸を乱しながら彼がセーネの服を脱がしてくる。胸が露わになると、その頂をぱくりと咥えられた。

「んっ！」

舐められて、舌先でつつかれて、吸われて、口内で転がされる。胸を刺激されるとキスとはまた違う快楽に身体が包まれた。

右の胸も左の胸も交互に吸われ、さらに指で摘まれる。しごかれるみたいに指先で弄られると、お腹がじんとして腰をくねらせてしまった。

自分の胸がいやらしく形を変える様子が視界に入り恥ずかしくなる。

「やぁ……っ」

「かわいい……！」

エルダリオンは嬉しそうにセーネの胸に触れてくる。

「確か、前もまず胸で達していた。気持ちいいかい？」

「……っ、いいです、けど……！　そこだけでなく、他の場所も触ってほしくて。さっきから熱くてたまらないんです」

セーネは膝頭を擦りあわせる。その仕草を見た彼は喉を鳴らした。

「そ、そんなおねだりをされたら……！」

エルダリオンがせわしない手つきでセーネの服を全部脱がしにかかった。

下着を脱がす際、愛液が糸を引いているのを目にした彼が口角を上げる。

「ああ、こんなになって……！　すまない。今すぐこちらもかわいがるから」

脱がされた服はベッドの外に投げられた。彼にしては珍しい粗野な動作だったので、いかに興奮しているのか伝わってくる。

エルダリオンはセーネの膝頭に手を当てて左右に割り開くと、足の付け根に顔を寄せてきた。硬い髪の毛が太腿を擦り、くすぐったさに腰が震える。

差し出された舌がセーネの秘裂を舐めあげた。

「ああっ」

やはり、その場所を舐められると強い快楽に襲われる。特別な場所なのだと意識してしまう。

肉厚な舌が花弁をめくり、桜色の粘膜を舐めあげた。閉じた部分を舌で開かれ、さらに内側を舐められると甘く痺れる。

敏感に刺激を感じ取る秘処と相反するように頭が朦朧としてきた。

「あっ、んあっ……」

「はぁ……っ、セーネ味……セーネ香……最高だ……！」

エルダリオンがなにかを呟いているが、怒濤の快楽に押し潰されるように意識が白ばみよく聞こえない。

セーネはぎゅっとシーツを握りしめた。

彼の舌はひとしきり蜜口を愛撫した後、その上でぷっくりと膨らんだ花芯を捕らえる。

「ひあっ」

ぎゅっと足の爪先が丸まる。

敏感な場所の中でも、一番感じてしまう部位を食まれた。さらに、蜜口に細長い指が侵入してくる。

「ああっ、んぅ……！」

愛液で濡れた隘路を指で掻き回された。硬くなった蜜芽は舌で捏ねられる。

愉悦で高みに押し上げられ、この状態が続けば達してしまうとセーネは悟った。ひくりと蜜口が彼の指をしめつければ、エルダリオンの顔が秘処から離れていく。

指も引き抜かれて、やり場のない熱が下腹部にこもっていた。

「え……」

達しそうだったのにお預けされて、セーネは涙目になる。

「す、すまない。俺ももう限界だ……」

そう言った彼の下腹部は、はちきれんばかりに膨らんでいた。そういえば、エルダリオンはずっと服を着たままである。あの状態が続いていたのなら、さぞかし痛かっただろう。彼はもどかしそうに服を脱ぎ捨てた。現れた怒張は大きくて、あんなものが下衣の内側に押しとどめられていたのかと思うと驚いてしまう。

先走りが滲んだ亀頭が蜜口にあてがわれた。彼はセーネを挟むようにして両手をつき、腰を推し進めてくる。

「あ……！」

熱いものが身体を貫いてきた。先端の丸まった部分が媚肉を割り開き、硬い肉竿に擦られる。

前回、この行為はエルダリオンを救うだけのものだった。

今は違う。行為をする必要性はどこにもなく、愛しあっているがゆえの交わりだ。同じことをしていても根本的に違うから、胸の奥からこみ上げてくるものがある。

(嬉しい……)

セーネを気遣うように、ゆっくりと時間をかけて腰が進められる。じわじわとした快楽が身体を包んだ。

ようやく腰が密着して最奥を穿たれた瞬間、感極まったセーネの中でなにかが弾ける。

「ああっ！」

セーネはたまらずエルダリオンの背に手を回し縋り付いた。両足も腰に巻き付ける。深く繋がったまま、蜜洞はうねりを上げて雄杭をきつくしめつけた。彼に強く抱きつきながらセーネは快楽を極める。

前戯で達する寸前でお預けにされていたのと、思いあって結ばれた嬉しさで、繋がっただけで高みに上りつめてしまった。

「……っ」

全身が強張ったように力が入る。それからしばらくして、エルダリオンの背中に回していた腕がシーツの上にくたりと落ちた。腰に巻き付けていた足もほどける。

「はぁ……っ、はぁ……」

セーネは浅い呼吸をする。繋がっている部分がとにかく熱くて、とろけてしまいそうだ。

「セーネ、今のは……？　もう達してしまったのか？」

落ち着くまでじっと動かずにいたエルダリオンは、セーネの顔を至近距離で覗きこんできた。その言葉に深い意味はなく、単純な事実確認だ。それでも「もう」という単語が引っかかってしまう。

（こんなにすぐに達してしまったら、はしたないと思われる……？）

そんな考えが脳裏をよぎり、セーネはとっさに誤魔化すことにした。

「な、なんでも……ありません」

「そうなのか？」

彼が軽く腰を引く。肉傘に粘膜を引っかかれて、鋭すぎる愉悦が腰を突き抜けた。

「ああっ！　ま、待って！　動かないでください！」

「ん？　ここは嫌だったのか？」

エルダリオンは再び腰の位置をもとに戻し、奥まで挿入してきた。深い場所を軽く穿たれただけで甘い絶頂感に襲われる。

「んあっ！」

お腹の奥から愛液を滲ませながら、セーネは身体を震わせた。

「やぁ……っ、あっ、いや……」

彼と繋がっている部分が殊更敏感になっている。少し動かれるだけでも強い快楽を享受してしまいそうだ。

「い、嫌なのか？　一度抜くか？」

エルダリオンは再び腰を引いた。擦られた媚肉が痺れて最奥が切なくなる。

「やっ、駄目……」

「駄目……？　抜くのが駄目ということか？　俺はどうすればいい？　君は今、どうなっているんだ？」

彼が中途半端に繋がった状態で状況を確認してくる。

「お願いだ、詳しく教えてくれ。そのくらい悟ってほしいと思うかもしれないが、君以外に経験がないから推測は難しい」

素直に教えを請うエルダリオンに、セーネもまた正直に伝えた。

「あの……っ、ん。実はもう……達してしまって……」

「達していたのか？　やはり、先ほどの膣の律動はそういうことだったのか？　繋がっただけで果てたという認識でいいんだな？」

「そうです。繋がっただけで……っ、ん、達してしまって。だからっ、中が敏感になっていて……！」

「かわいすぎるだろう！　やはり、君をこんな身体にしてしまった責任は俺にある。……はあっ、ン……こんなになったからには、俺以外の男に嫁げるはずがないだろう！」

エルダリオンはたまらないといった表情で口づけてきた。

やはり「もう」という単語に特別な意味はなかったらしい。そして、彼はセーネがすぐに果てたことに対してとても嬉しそうだった。安心してしまう。

「はぁ……セーネ……！」

舌の動きは激しいけれど彼は腰を動かさない。極力中を刺激しないように、半分だけ繋がったままの状態を維持している。

「んむぅ。ん……！」

強い快楽がないけれど、身体が落ち着く様子はなかった。しかも、満たされない最奥がずっと切ないままだ。

「侯爵様……助けてください、変なのです。動かされると、気持ちよすぎて頭がおかしくなりそうで、控えめにしてほしいのに、奥が切ないんです。深い部分まで……侯爵様にきてほしいんです」

どうしたらいいかわからず、包み隠さずすべてを話した。

「そ、そうか。では、とりあえず奥まで満たそう」

エルダリオンが腰を進めてくる。

「ああぁっ！」

セーネは再び彼にしがみついた。一番奥まで雄杭にみっちりと埋められると、またもや高みに押し上げられる。

強くしめつけると、彼が歯を食いしばる音が聞こえた。

「また達したのか……？　ク……、中がすごくうねって、絡みついてきて……、ン、奥のざらざらしたところに包まれて……俺も、頭がおかしくなりそうだ」

額に汗を滲ませながらエルダリオンが呟いた。熱杭の質量が増す。

「……っ！　大きくしないで……！」

「なっ……！　君が俺を刺激するから……っ、こうなってしまうんだ。君こそ、俺をいじめないでくれ。ああっ……、奥のひだが……意識を持っているみたいに、俺を……ッ」

「い、いじめてません」

エルダリオンは腰を動かさずにいてくれるけれど、繋がっているだけで気持ちいい。

彼の熱い吐息が肌をくすぐり、その感触で再び果ててしまった。

「あっ……！」

強くしめつければ、その刺激に促されるように雄杭が大きく震える。彼のものは大きく打ち震えながら、セーネの中に白濁を注いだ。

「ああっ……」

奥の大事な部分を熱い飛沫で濡らされる感覚に、連続で極めてしまう。

「はぁっ……この膣の動きは……ンっ、君は……ずっと達しているのか？」

セーネはこくりと頷いた。

深く強い絶頂ではなく、甘く軽やかな昂ぶりが波のように何度も押し寄せてくる。

「も……っ、ずっと止まらなくて……！　本当に、おかしくなる……っ」

怒濤の快楽にたまらずすすり泣くと、エルダリオンが頬に流れた涙を舐めあげた。

「大丈夫だ。俺はすでに君に狂っている。大勢でいても君の声だけを聞きわけられるし、君の匂いがわかる。こんなの、生まれて初めてで……そうだ、これらの現象をセーネ症候群と名付けよう」

「……」

エルダリオンは真面目に言っているのだが、セーネは胡乱な眼差しを向けてしまう。頭は少し冷静になった気がすれど、身体はずっと気持ちいいままだった。

「一緒におかしくなろう。君も俺に狂ってくれ。健康な若い男女なら激しく睦みあったところで死なないはずだ。そんなことが起こりえるなら、娼館なんてなくなっている」

「え……」

確かに気持ちよすぎて死ぬなんて話は聞いたことがない。それでも、これ以上気持ちよくなってしまったらどうなるのかという怖さがあった。

少しだけ怯えた表情を見せると、彼があやすような口調で告げてくる。

「怖くない、大丈夫。お互いに経験が乏しいから戸惑っているだけで、何度も気持ちよくなれば慣れるかもしれない」

「そ、そうですか……？」

「だから……腰を動かしてもいいか？」

その台詞で、エルダリオンがろくに動いていなかったことに気付いた。

セーネは勝手に気持ちよくなってしまったけれど、動いて陰茎を刺激しないかぎり、男性は強い快楽を得られないはずだ。吐精はしたものの、エルダリオンは物足りなさを感じているに違いない。

「私ばっかり申し訳ありません。侯爵様も気持ちよくなってください」

そう伝えると首筋を吸われる。ちりっとした痛みが走り、首筋に痕が残されたのだとわかった。

首に唇を押し当てたまま彼が呟く。

「俺だけじゃなく、君もよくなってくれ。もし俺が下手だったら素直に伝えてほしい」

そして、エルダリオンの腰が前後する。

「あっ！　んんっ、あっ」

大きく太い楔が媚肉を容赦なく擦ってくる。

彼が腰を引くと先端のくびれが柔肉を引っかいて愉悦が下腹部を突き抜けていく。腰を進められれば最奥を穿たれる衝撃に身もだえた。

「ああ……っ」

何度も甘く達してしまい、快楽が蓄積されていく。穿たれるたびに愛液がしぶいて彼の鍛えられた腹筋を濡らした。

先ほどまでとは違う、激しい交わり。セーネはたまらず彼にしがみついて、その背中に爪を立てた。

「セーネ、セーネ……っ！」

エルダリオンもセーネをきつく抱きしめてくる。一番深い場所まで腰を突き挿れながら、彼のものが震えた。熱い飛沫が奥を濡らす。

「あ……っ」

腰が甘く痺れてセーネも快楽に微睡む。

二連続で吐精したにもかかわらず、彼のものは硬いままだった。エルダリオンは繋がったまま上体を起こすとセーネの下腹部を見る。

「こんなに細い腰で俺を受け入れて……しかも今、この中を俺の精が満たしているのか」

彼は嬉しそうにセーネの臍の下を撫でた。その感覚に腰が跳ね上がる。

「ひうっ！」

隘路を熱杭で押し広げられている状態で腹に触れられると、両側からの刺激で身体が溶けそうなほどの熱がこみ上げてくる。

「やっ……そこ、触られると……」

「ン……！　中が……奥のひだの部分がすごく絡みついてくる。腹に……ッ、俺を受け入れているこの部分を触れられると気持ちいいのか？」

大きな手が下腹を優しく撫でる。嵐のような快楽が全身を突き抜けてセーネは深く達した。恍惚とした表情で吐息を零せば、その唇を奪われる。

キスをしながらまだ足りないとでもいうように、エルダリオンが軽く腰を揺すってきた。結合部から泡立った体液が掻き出される。

「愛している……セーネ！」

彼の激情が伝わってきて、心まで快楽を覚える。

(侯爵様は本当に私を好きなんだ)

性欲だけでは決してできないような情熱的な交わりに、セーネはエルダリオンの愛をこれでもかというほど思い知らされる。

唇が腫れてしまうのではないかと心配してしまうくらいキスをして、そのまま夜に溺れていった。

◆　◆　◆　◆

セーネ・ラギャがセーネ・ラッチランドに名前が変わってから早数週間。季節はすっかり秋めいて、害草の発見報告も徐々に減ってきた。

駆除に取られる時間が減るので、草官にとっては今が研究に集中できる時期である。また害草が増え始める春がくるまで、皆が実験に没頭していた。

そんな折、死のヒマワリことハゾ草の発見報告が上がってきた。この時期に珍しい。危険な二等級害草のため、すぐに駆除しなければならない。

しかし、一度走らせた実験は中断できないことがほとんどだ。

「旦那様、申し訳ありません。今日は駆除に参加できなさそうです」

呼びかたが侯爵様から旦那様に変わったセーネはすまなそうに眉根を下げた。

ここは実験室。テーブルの上では実験器具が稼働しており、経過を観察中だった。そんな折、ハゾ草発見の報告が届いたのである。

「大丈夫だ、わかっている。ここまで進めている実験を中断するほうが試料や時間の無駄だ。二等級とはいえ、ハゾ草なら注意を払えば死ぬことはない。行ってくる」

エルダリオンは愛しい妻の頬に軽く口づけをして、実験室を出た。その途中、女性草官に声をかけてセーネの補助にあたるように依頼する。

発見された場所は研究所から遠く、泊まりでの行程になるだろう。現場に着く頃には日も落ちているから、暗い中での駆除は危ない。日が昇るのを待って、朝一番に作業を開始する。

「あの村と近いのか……」

ハゾ草が見つかった場所は、キツネ草の村からそう離れていない。とあることを思いついたエルダリオンは、ラッチランド侯爵家の私兵にとある命令を下した。

ハゾ草は動く生物に反応して毒の種を飛ばしてくる害草だ。虫や両生類には反応しない。駆除の際には三輪車に動物の毛皮を被せ、そこに血をかけることで動物に見立てて囮とする。

ハゾ草がなにをもって動物と認識するのかが気になるところで、セーネは「全身の毛を剃った人間にハゾ草の前を歩かせたらどうなるか気になる」と言っていた。非人道的すぎる考えなので心の中に留めていたようだけれど、結婚してエルダリオンに心を許した彼女は害草談義の折にぽつりとそう漏らしたのだ。

（俺の愛しいセーネは、なんて面白いことを考えるのだろうか）

そんなことを聞いてしまえば、気になって仕方ない。しかも、絶好の研究材料が揃っている。

あの村の者についてだけれど、子供たちはすべて親から引き離し孤児院へと入れた。そこでしっかり矯正する。

村という閉鎖的な空間で大人に従わざるを得なかった子供は情状酌量の余地があると判断できた。しかし、分別のある大人は話が別だ。

セーネ以前にあの村を訪れた者たちにキツネ草の粉を混入した酒を飲ませ、軽い中毒状態かつ依存状態にさせることで何度も村に来させて金を落とさせていた。これだけでも悪辣なのに、酷い中毒症状に陥った女性をそのまま村で囲って男たちの慰み者にしていたのだ。

被害者となった女性の症状は重く、普通の治療薬では手遅れな状況に陥っていた。

恋人に振られた彼女は傷心旅行で例の村を訪れたようで、両親はすでに他界しているらしく、兄弟もいないらしい。天涯孤独な身の上である彼女の治療方針をどうするのかエルダリオンに委ねられた。

――症状を緩和させて死ぬのを待つか、一か八かで危険な薬を試すか。

あの村での記憶は苦しいものになるだろうし、ぼんやりとした意識のまま痛みもなく死なせてあげたほうが彼女のためでもある。

それでも、エルダリオンは彼女の瞳の奥に復讐の炎が宿っていることに気付いた。

エルダリオンは危険な薬の投与を決める。

その薬が危険と言われている所以は投与時の死亡率が高いうえに、苦痛を伴うものだからだ。さらに一生の障害が残る可能性もある。キツネ草の中毒症状は簡単に治るものではなく、それ相応の対価が必要となるうえに報われるとはかぎらない。

彼女の場合、朦朧とした意識の中でも復讐の炎が燃え盛っていたのか、文字どおり血反吐を撒き散らしながら壮絶な苦しみのうえに回復した。

犠牲となったのは両手の指先と女性器。もともと傷ついていた部位だから影響が大きかったのかもしれない。これは貴重な回復例として、後世にも残すべき結果である。

ともあれ、犠牲を払いながらも普通に動けるようになった彼女をエルダリオンは雇った。指先を失った彼女に一般的な仕事は難しいけれど、彼女だからこそ任せられる仕事がある。

――村の監視だ。

彼女ならば絶対に村人に同情はしない。なにがあろうと貴重な実験材料を逃したりはしないだろう。

事件の後、あの村をそのまま大きな監獄とした。もっとも、今まで通りの生活なんかさせるわけがない。あの村にあった一番大きな建物である宿に全員収監している。逃げ出さないように、五人組にして各々の足を鎖で繋いでいた。食事も入浴も排泄も五人一緒である。犯罪者のくせに風呂に入れるなど贅沢であるものの、実験のためにある程度は健康でいてもらう必要があるので最低限の生活は送らせていた。

村人たちの処遇をセーネには治験と説明したが実際は違う。投薬以外にも害草に関わる危険な実験に使うのだ。

――たとえばセーネがぽつりともらしたような、非人道的な実験などを。

どういう結果になるのかエルダリオンにも予想がつかない。だからあの村の人間を使って試してみるのだ。ちょうど近くにハゾ草が生えてくれて幸運である。

エルダリオンはあの村に向けて、全身の毛を剃った人間を一人、髪の毛だけ剃った人間を一人、髪の毛はそのままで体毛を処理した人間を一人用意するように伝令を飛ばした。

あの村は貴重な実験材料の保管場所なので、当然見張りの兵士を複数人置いている。それだけの人件費を払っても維持すべき場所だ。

毛を剃るのは誰でもいいのだけれど、きっと彼女がやるのではないかとエルダリオンは思った。

あえて若い女性を選び、男性たちの前で剃るだろう。第一関節より先を失った手で剃刀を丁寧に扱うのは難しそうだけれど、毛が剃れていれば多少肉が削がれていても問題ない。

(彼女の心を救う方法を俺は知らない。せめて、村人をいたぶることで少しでも気が晴れてくれればいいのだが)

そんな考えを持つ自分が一番非人道的なのかもしれない。

しかし、あの村人たちはセーネに酷いことをしようとした。エルダリオンの到着があと一時間でも遅かったら襲われていたのだ。絶対に許せない。

もともと死罪相当の者たちだ。ラッチランドにおける害草犯罪者の処遇はエルダリオンの自由だから、好きにさせてもらう。

村人たちがどんな目に遭おうと、因果応報としか思えない。せいぜい一生悔いるがいい。

(問題は、この研究結果をどのようにセーネに伝えるかだな。素直に人体実験したと言えば、自分のせいで誰かが死んだと気にしてしまいそうだし。酒に酔って裸で歩いていたハゲの男というのはどうだ？　しかし、ハゲの男が陰毛まで綺麗に剃っている理由を思いつかないし、おそらく用意されるのは女性だろうしな……。どうしたものか)

駆除に向かう準備をしつつ、そんなことを考える。

愛しい妻と一晩離れてしまうのは寂しいけれど、興味深い実験を思うと胸が躍った。

終章

——結婚するなら愛情が必須。愛のない結婚など意味がないし、したくない。

そう考えていたセーネだけれど、エルダリオンと結婚して早数ヶ月、愛情にも限度があると感じていた。

彼の愛がとにかく重いのである。

彼の求婚を断った際、付き合ってもいないのに男性草官を牽制したときにその片鱗は見えていたのかもしれない。考えてみれば、遠くからでもセーネの匂いを嗅ぎ分けられるなんて普通ではない。

結婚するまで気付かなかったけれど、エルダリオンはセーネの側にいるときに呼吸の回数が増えていた。セーネの触れた空気をいっぱい吸いたいのだという。

セーネの側でたくさん呼吸をしていたからこそ、彼は匂いを覚えてしまったらしい。それを得意げに聞かされたときはさすがに引いてしまった。

だが、エルダリオンはセーネが結婚に求めるものを愛だと把握したからか、いついかなるときも、どれだけ愛しているのか真摯に伝えてくれた。結婚生活が幸せになるように、惜しみなく愛してくれるし、それを言葉にも態度にも表す。おかげで彼の仕事が忙しくて一人で過ごす時間が増えても「愛されていないかも」と不安に思わない。

エルダリオンの溢れんばかりの愛情はすべてセーネに伝わっていた。

そんなある日、特殊な害草を入手できた。夫婦の部屋で、二人は小瓶に入った花を興味深そうに眺める。

カラン草といって危険度の少ない第八等級だ。とても希少であり、害草の多いラッチランドでもなかなか生えない。確か前回の発見報告は二年前だ。

カラン草の花は赤く、花弁を髪に擦りつけると、その場所の髪の色が染まるという性質を持っていた。しかも一時的ではなく、変色した部分はずっと赤くなったままである。

エルダリオンの黒髪に赤い房がいくつか混じっているのも、身を以てこのカラン草の効果を実験したからだという。

一度実験してしまえば一生治らない。髪が赤くなるだけだから日常生活に支障はなく、カラン草は研究者としての好奇心をほどよく刺激した。

セーネはカラン草を自分でも試してみたいと思う。ただ髪が赤くなるだけではない。害草によって身体の一部を変えたまま生きていくなんて、考えただけでも気分が上がった。

セーネは草官であり、研究者でもあり、そして害草マニアでもあるのだ。

「セーネも試してみたいのか」

自分の前髪に触れながらエルダリオンが言う。

「俺も試しているから、その気持ちはわかる。どんなふうに色が変わるのか、どんな感触がするのか、危険がないからこそ自分の身体で試したいよな」

彼は理解を示すように頷いた。

「でも、花をつけたところが一生赤くなってしまいます。旦那様は嫌ですか？」

全部の髪を染められる量の花弁はなかった。彼のように、部分的に色をつけるだけで終わるだろう。

髪の色でかなり印象が変わるし、彼が嫌がるかもしれないと考えて意見を聞いてみる。

「なにを言う。どんな髪でも君が好きだ！」

エルダリオンは躊躇うことなく即答した。本当に、彼は自分を好きなのだと改めて感じる。

「じゃあ、カラン草を使ってみてもいいですか？」

「もちろん。ただ、俺に任せてくれないか？　君には目を閉じていてほしい」

カラン草が害草に分類されている理由が、花の組織が目に入ると失明するからだ。

とはいえ、花を髪に擦ろうとしたところで、目に入ったりはしないと思う。それでも彼が心配するので、セーネは任せることにした。

目を閉じるだけでなく、念のためにと布で目隠しまでされる。これではこっそり目を開けて様子を窺えないけれど、まあよしとした。

行儀よく椅子に座ったセーネは、エルダリオンに身を任せる。

(本来なら、こういう行為も研究所の中でしか許されない。でも、旦那様のおかげで家でもできるって、すごいなぁ……)

改めて、ラッチランド侯爵の権威を思い知る。

じっと待っていると、髪の毛に花を擦られる感触がした。

(今、色が変わっているのかな？　これだけで色が変わるなんて、どういう仕組みなんだろう)

なにも見えないけれど、想像だけでわくわくする。

何房か髪を擦られた後で、エルダリオンに声をかけられた。

「終わったよ。目隠しをとって、鏡を見てごらん」

「はい！」

セーネは喜び勇んで目隠しを取る。準備していた鏡を見ると、彼と同じ場所が赤くなっていた。本当に綺麗に染まっている。

「うわぁ……！」

痛くもなかったし、熱くもなかった。匂いもない。

それなのに、こんなに赤くなるなんて。

エルダリオンは髪に擦って縮れた花弁を瓶にしまい、実験用の手袋を外した。手を洗ってからセーネの顔を覗きこむ。

「うん、どんな君もかわいい。とっても似合っているよ」

彼はセーネの頬にキスをした。

「あの、一度頭を洗ってきてもいいですか？　花を擦った直後でも色が落ちないのか試してみたくて」

「ああ、行ってくるといい」

「はい！」

セーネは夫婦の部屋から続きになっているバスルームへと急ぎ、さっそく湯浴みする。

当然、洗ったところで色は抜けなかった。

「すごいですね！」

バスローブ姿で興奮気味にエルダリオンに駆け寄る。

「ああ、面白いだろう？　実は俺も、色を変えてから速攻で洗ってみた。同じ行動をしたことに運命を感じる」

エルダリオンはとても満足そうだった。害草の研究者として似たような発想になるのは珍しくないことだが、彼の中では運命に値するらしい。大げさな気もするけれど、それだけ彼の中でセーネの比重が大きいと思うと悪い気はしなかった。

「本当に面白いです」

セーネは鏡に映った自分の髪を見る。

まだ昼間なので室内は明るく、赤い部分がとても目立った。色々な角度から観察して、とりあえず満足する。

「じゃあ、一度着替えてきます」

髪を洗った後、すぐにでも鏡で確かめたくて服を着ずにバスローブを使った。しかし、明るい時間からするような服装ではない。

セーネが着替えようと再びバスルームに向かおうとすれば、その腕を摑まれた。

「え？」

抱きしめられ、エルダリオンの厚い胸板にすっぽりと顔が収まる。彼の表情は見えないけれど、呼吸が荒くなっている気がした。

「旦那様……？」

セーネと一緒にいるときの彼は呼吸の数が増える。それでも、この息遣いには興奮が混じっているような気がした。

「セーネ。君が俺と同じように髪を染めたから、名前だけでなく、見た目でも俺のものだってわかるじゃないか。なんて素晴らしいのかと昂ぶって……勃起した」

「……」

セーネは双眸を眇めた。

興奮したと言えばいいものを、なぜわざわざ勃起と詳しく伝えてくるのだろうか？

だが、曖昧な言い回しではなく、生理現象をそのまま伝えるところが彼らしい。

「世界一かわいい俺の妻を今すぐ抱きたい。……どうかな、奥さん？」

最初の交わりが仕方ない行為だったという負い目があるからか、エルダリオンは必ず事前に承諾を取ってくる。

（私の髪がお揃いになったのが、ここまで嬉しいんだ……）

そう思うと、セーネのお腹の奥も疼いた。彼が自分に興奮するのが嬉しい。

「はい」

セーネははっきりと答える。

このままベッドに移動するものだと思っていた。だが……。

「えっ？」

エルダリオンは少し身体を離すと、セーネの顎に指をかけて上を向かせた。驚いた拍子に唇が開くと、思いきりキスされる。

されれる。

「ん……っ！」

立ったまま深く口づけられた。荒い息遣いを隠すことなく、興奮のまま口の中を舐め回される。

数え切れないくらいキスをしているのに、エルダリオンと唇を合わせるといつだって気持ちよくなってしまった。舌を搦め捕られれば膝が震えてしまう。激しいキスをされると立っているのも大変だ。

「……っ、はぁ……」

両足に力を入れて踏ん張ると、腰が揺れて彼の下腹部を刺激してしまった。わざとではない。足が震えていたせいだ。

しかし、そんな事情など彼が知る由もない。

「ン……、今のはおねだりかな？　……はぁ、かわいい……」

セーネがわざと腰を動かしたと思った彼は、とろけそうな眼差しで顔を覗きこんできた。

本当は違うけれど、水を差すつもりにはなれない。それに、身体がほてっているのも確かだった。

「旦那様……」

セーネは自分からエルダリオンの首筋に唇を寄せて吸いつく。軽い音がして、微かに赤い痕が首筋に残った。夜には消えるくらいささやかなものだ。

彼は嬉しそうにバスローブの腰紐を解いた。肩から落とされて、簡単に一糸まとわぬ姿になってしまう。

「明るいからよく見える」

そう呟くと、彼は膝をついた。

「だ、旦那様？」

「すぐに欲しいいんだろう？　任せてくれ」

エルダリオンはセーネの太腿に手を回し、足を開かせる。

膨らんだ恥丘の奥にある秘裂がちらりと見えてしまえば、そこに顔を近づけた。赤い舌がセーネの秘処をなぞる。

「ああっ！」

立ったままのキスも大変だけれど、舐められるのはもっと困ってしまう。

そもそも、ラッチランドで一番偉い人物を跪かせて奉仕させているという状況が、よりセーネを追い立てた。

上からだと、黒い髪に紛れた赤い色がよく見える。エルダリオンが顔を動かしながら秘処を舐める様子を目のあたりにしてお腹の奥が疼いた。

蜜口は舌先でこじ開けられ、ざらついた舌で粘膜を舐められる。

「ああっ、あ……！」

腰に力が入らなくて、自ら彼の顔に秘処を押しつけてしまう。高い鼻に花芯が押し潰されると愛液が彼の顔を濡らした。

淫猥な水音が羞恥心をさらに煽ってくる。

「ん……っ、はぁ……っ、そんなに舐められたら……っ」

ひくりと蜜口がわななくと、彼の指がそこに入ってきた。しかも、右の人差し指と左の人差し指だ。白昼のもとで左右に広げられ、内側が丸見えになってしまう。

「やぁっ、見ないで……！」

「そんなことを言わないで、君のすべてを俺だけに見せてくれ」

彼は蜜口を広げた状態で舐めてきた。奥の奥まで見られてしまいそうだ。立ったまま、そんな部分を暴かれている状況に耳まで赤くなる。

ただ、恥ずかしいと思えば思うほど気持ちよくなってしまうのも確かだった。広げられた媚肉は蜜を滴らせながらわななく。

「ン……、すごい、よく見える……。試験管を挿れればよく観察できるかもしれないと思ったことはあるが、君の中に俺以外のものを挿れたくはない」

「……！　な、なんてこと考えてるんですか！」

まさか実験道具をそんなことに使うつもりだったなんてとセーネはおののいてしまう。

ただ、そのくらいセーネのことを知りたいのだと思うと、愛情の重さが伝わってきた。

「ああ、すごい。こんな狭い場所でいつも、俺のを……」

彼は嬉しそうに呟きながら蜜口を舌で蹂躙する。

「んあっ、あぁ……」

がくがくと腰が揺れた。すると、彼はようやく顔を離してくれる。

「セーネ。テーブルに手をついて」

セーネは言われるがままにした。この状態でベッドまで歩けないし、このままするのだろう。

テーブルの上には先ほど使った鏡が置かれている。

エルダリオンがそれを取ったので、セーネが間違って鏡に手をついてしまわないよう、他の場所に退かしてくれるのかと思った。

だが、エルダリオンはその鏡をセーネの足の間に置く。

「え……？」

指で広げられた名残で微かに桃色の粘膜をさらけ出している秘処が鏡面に映っていた。

「俺を受け入れているところも、よく見せてくれ」

「は？　え？　嘘、ちょっと待って……っ、ああっ！」

彼のものが蜜口にあてがわれ、ゆっくりと侵入してくる。

花弁が左右に広がり、太い雄を飲みこんでいく様子が鏡のおかげで丸見えだ。もっとも、セーネはそれを気にする余裕はない。

「ああ、すごい……セーネ……！」

鏡越しに結合部を見たエルダリオンは感動の声を上げる。

「こんなになって……ッ、はぁ……。腰を動かすたび、君のかわいい花びらが俺に縋り付いて……ああっ。愛している……！」

彼は夢中になって腰を穿った。ぽたりと、垂れ落ちた蜜が鏡を汚す。

「やあっ、ああ……！」

羞恥心と快楽のうねりがセーネを襲った。白い肌はすっかり桃色に染まり、蜜口は嬉しそうに彼をしめつけている。

立ったまま後ろから貫かれると、ベッドの上での行為とは違う感覚がした。いつもと変わった角度で奥を抉られる。

「んあ……っ、ああっ」

昼間ということもあり、すべてがよく見える。

しかもセーネが裸なのに対し、彼は前をくつろげただけだ。穿たれるたびにエルダリオンの服が背中や尻に擦れて、くすぐったい。

「旦那様……っ、もう……」

膝が震えて腰が揺れる。

「ああ、自ら腰を揺らして……かわいすぎる」

エルダリオンはセーネの肩口に吸いついた。赤い痕が残されたのだろう。

「愛している……セーネ」

次いで、耳元に唇を寄せられる。耳朶《じだ》を食《は》まれたまま熱い吐息が耳に滑りこんでくると、快楽が背筋を突き抜けた。

「あああ……っ！」

セーネは高みに押し上げられ、彼のものを強くしめつける。

「ン……っ」

彼の歯が軽く耳朶に食いこんだ。痛くはない。

エルダリオンの雄杭は打ち震えながらセーネの中に精を吐き出す。奥をたっぷり濡らされて、お腹の奥がじんと熱くなった。

エルダリオンは出し終えた後、精を奥に送りこむように二、三度腰を揺らす。

「ああっ……」

その微かな快楽に、今度は甘く達する。

結合部からは泡立った白濁液が垂れ落ちて、鏡を濡らした。体液のせいで鏡像はぼやけてしまい、すっかり鏡としての機能を失っている。

「セーネ。奥がまだ切なそうだね？　君は奥が好きだろう？　今度はたっぷり奥を突いてあげるから」

耳元で囁《ささや》かれる。その掠れた声は色気を孕《はら》んでいて、胸が焦がれた。

返事をするかのように蜜口がひくりとわななき、彼が再び腰を穿つ。

奥をいじめるみたいな、激しい腰遣いだった。

先ほどよりも大きな音が部屋に響く。

「愛している！　君の夫は、君を一番愛している！」

エルダリオンはしつこいくらい愛を宣言する。

セーネの思い違いで彼の求婚を断っていたことを密かに根に持っているのかもしれない。

エルダリオンはもう鏡に目をくれずセーネだけを見つめる。耳に舌を差しこまれながら、激しく穿たれた。

テーブルに置いていた手の上に、大きな掌が重ねられる。しっかり指を絡められて、絶対に逃がさないと言われているようだった。

別に逃げるつもりなんてないけれど、剝き出しの愛情に絡みつかれている感覚がする。

ただ、セーネはそれを喜んで受け入れた。

「ああ……っ、好きです、旦那様……」

「名前を呼んでくれ、セーネ・ラッチランド」

「……愛しています。私のエルダリオン様」

セーネが呟けば、彼の熱杭が嬉しそうに質量を増す。
窓から差しこむ光を受け、揃いとなった赤い髪が微かにきらめいた。

あとがき

はじめまして、もしくはこんにちは。こいなだ陽日《ようか》と申します。拙作をお読みいただき誠にありがとうございました。

この話は私のソーニャ文庫様における二つ目の作品になります。前作と同様に「明るい系統のソーニャ」というテーマで書かせていただきました。

突然ですが、TL小説を書くにあたり好きなシチュエーションがいくつかあります。その中のひとつがヒーローに勃起状態を宣言させることで、今回そういうシーンを入れたところ、編集様から届いたキャッチコピーの初案が「君を好きで　好きすぎて　……○起した」というものでした。ノリノリで書いたシーンですが、紙書籍のオビや電子書籍のあらすじの冒頭に記載されるキャッチコピーに採用されるとは予想もしておらず驚きました。

そもそもソーニャ文庫様のオビに堂々と「○起」って書かれても大丈夫なのでしょうか？　不安になりましたが、最終的に勃起という単語がすべて伏せ字になりました。マイルドになってよかったです！

ちなみに、作中に出てきた「人の顔の模様をした花」ですが、「モンキーフェイスオーキッド」という蘭がモデルです。その名のとおり花の模様が猿の顔になっています。画像は人によっては怖く感じてしまうかもしれないので、もし検索する場合はお気をつけください。

さて、本作を書き上げるにあたり今回も編集様には大変お世話になりました。的確なアドバイスをありがとうございます！

イラストを手がけてくださった青禎《あおさだ》たかし先生、ありがとうございました。美麗で格好いいイラストは大人っぽいテイストで、仕事大好きな二人のイメージにぴったりで感動しました。制服のデザインも最高に素敵です！

こうして本という形になったのは関わってくださった皆様のおかげです。心からお礼申し上げます。

それでは、最後までお読みいただき誠にありがとうございました。最大限の感謝を！

なお、ソーニャ文庫様のサイトに本作の番外編SSがあります。メルマガ会員に登録すると読めますので、よかったら読んでくださいませ！

感想やお手紙などいただけますと嬉しいです。またどこかでお会いできますように。

こいなだ陽日

この本を読んでのご意見・ご感想をお待ちしております。

◆あて先◆

〒101-0051

東京都千代田区神田神保町2-4-7 久月神田ビル

㈱イースト・プレス　ソーニャ文庫編集部

こいなだ陽日先生／青禎たかし先生

理系侯爵《りけいこうしゃく》が欲情《よくじょう》するのは私《わたし》だけのようです!?

2024年4月6日　第1刷発行

著　者　こいなだ陽日《ようか》

イラスト　青禎《あおさだ》たかし

装　丁　imagejack.inc

発行人　永田和泉

発行所　株式会社イースト・プレス

〒101－0051

東京都千代田区神田神保町2－4－7 久月神田ビル

TEL 03－5213－4700　FAX 03－5213－4701

印刷所　中央精版印刷株式会社

ISBN 978-4-7816-9768-0

定価はカバーに表示してあります。

Sonya ソーニャ文庫の本

人嫌い王子が溺愛するのは私だけみたいです？
Hitogiraioujiga dekiaisurunoha watashidake mitaidesu
Illustration 氷堂れん
春日部こみと
Sonya

俺をこんな気持ちにさせるのは君だけだ

危ないところを助けたことがきっかけで、元軍人エルネストの屋敷で暮らすことになったエノーラ。祖母以外の人間を知らないエノーラと、ある事情から人嫌いなエルネスト。二人は次第に心を通わせるようになるが、彼らの邂逅は国を揺るがす事態に発展し……。

『人嫌い王子が溺愛するのは私だけみたいです？』 春日部こみと
イラスト 氷堂れん

Sonya ソーニャ文庫の本

初恋をこじらせた堅物騎士団長は
妖精令嬢に童貞を捧げたい
百門一新
Illustration
千影透子

俺の婚約者が可愛すぎるっ!!!

妖精の末裔クリスティナは、かつて出会った騎士・アレックスに憧れて、気づかぬうちに魅了の「呪い」をかけてしまったらしい。それから五年間クリスティナを想い童貞を貫く彼の呪いを解除するために、かりそめの婚約&同棲をすることに!? アレックスがクリスティナを大事にし好きだと言うたび、クリスティナはこれも魅了の呪いが言わせているのだと悲しくなってくる。そんな時、興奮しすぎたアレックスの苦痛を和らげたくて、彼に肌を許すが——!?

Sonya

『初恋をこじらせた堅物騎士団長は妖精令嬢に童貞を捧げたい』 百門一新
イラスト 千影透子